一个记者眼中真实的烟火人间

非虚构

徐莺 著

上海文艺出版社
Shanghai Literature & Art Publishing House

图书在版编目 (CIP) 数据

非虚构 / 徐莺著 .-- 上海：上海文艺出版社，
2024.--（忻州书香 / 梁生智主编）.-- ISBN 978-7
-5321-9112-3

Ⅰ . I267

中国国家版本馆 CIP 数据核字第 2024M5L825 号

发 行 人：毕　胜
策 划 人：杨　婷
责任编辑：李　平　韩静雯
封面设计：悟阅文化
图文制作：悟阅文化

书　　名：非虚构
作　　者：徐　莺
出　　版：上海世纪出版集团　上海文艺出版社
地　　址：上海市闵行区号景路 159 弄 A 座 2 楼
发　　行：上海文艺出版社发行中心发行
　　　　　上海市闵行区号景路 159 弄 A 座 2 楼 206 室　 201101　www.ewen.co
印　　刷：成都市兴雅致印务有限责任公司
开　　本：880×1230　1/32
印　　张：95
字　　数：2280 千
印　　次：2025 年 7 月第 1 版　2025 年 7 月第 1 次印刷
Ｉ Ｓ Ｂ Ｎ：978-7-5321-9112-3/I.7164
定　　价：398.00 元（全 10 册）

告读者：如发现本书有质量问题请与印刷厂质量科联系　T：028-83181689

代序

当我们与往事重逢

缪佳祎

2013 年记者节前，我写了一首诗《星光》，当时是作为舟山日报社内刊《新闻社区》卷首语发布的。末段写道：

"只要一颗奔走的热泪

可能就会击中脆弱的心灵

让疲惫的坚持又有了前行的力量

感动的星光，由此及彼地洒落

天空不再倾斜、倒塌

沧海桑田终换了模样"

2023 年 8 月的某个夜晚，当我慢慢翻阅同事徐莺准备出版的新书电子稿《非虚构——一个记者眼中真实的烟火人间》时，十年前的那首诗就从记忆的深海里浮现出来，穿越岁月，如此契合地联结起过往与今时。

感谢记者这个职业，能让我们成为时代的见证者与记录者，能让我们书写世间的悲欢离合、生活百态，能让我们在别人的故事里，历经沧桑，感念美好。

随着徐莺清新隽永的文字，一个掩埋很久的时光宝盒被再次打开，一个个鲜活的人物从不同的时间、空间、情绪、场景中如潮水般涌来，又如一颗颗珍珠坠落于灵魂之海，在暗夜里生发出幽微而动人的光泽。

在时间的无涯里，我们再次与往事相逢，得以重温那些曾经不为人知的隐秘的忧伤，那些尘封于记忆深处的历史的咏叹，以及那些疯狂生长、呼啸而过的迷惘青春……或许，这便是口述实录的文本魅力；也或许，是作者散文化式的叙述能力，击中了人心最柔软的部分。

沿着时间的脉络继续回溯至2003年，才恍然发现二十年光阴倏忽而过。而正是那一年，徐莺来到报社，成为《舟山晚报》的一名记者，彼时，我是晚报专副刊编辑，我们有幸成为同事。印象里，她一直那么温婉优雅，说话柔声细语。

而她的文如其人，也印证了我的认知。

看了徐莺采写的一些新闻稿后，我便发现这是一个会讲故事的记者。尤其是人物专访类的大稿写来尤其生动，文字简约中透着清澈的质感，那些句子像月光流淌，充满灵性；叙述逻辑清晰且有条理，自带一种诗意的节奏，场景、对话、细节描写把控精准……从事编辑工作多年，难得读到如此舒服的文字。有时不免感叹，编她的稿子是一种享受。

群众的眼睛是雪亮的。有越来越多的读者喜欢看她写的文章，当她接手《舟山晚报》"情感倾诉"栏目后，可谓是真正"出圈"了。

当时正是纸媒兴盛的时期，全国各地的晚报副刊纷纷亮出"情感"牌，就像电台午夜悄悄话似的，市民、读者可以通过电话、QQ或面对面倾诉的方式，联系记者，聊自己关于婚姻生活、家庭关系、育儿理念、学习成长等各种无处倾吐的心事、困惑、烦恼，以及一些隐秘的欲望、纠结和羁绊、遗憾和错过。

徐莺以其女性特有的细腻敏感倾听这些陌生人的故事，无论亲情、友情还是爱情，都是关乎个人命运或时代印记的真实袒露，并以口述实录的方式被记录下来，陆续在《舟山晚报》上刊发。这个栏目逐渐成为了晚报的品牌栏目，拥有了无数忠实粉丝，很多读者在别人的故事里流着自己的眼泪，找到了共情的精神内核和共鸣的情感出口。

这本书主要内容大多来自"情感倾诉"专栏文章，同时也精选了作者二十年记者生涯中采写的人物专访，每一辑的标题都透着诗意："看时间成沧海""好好爱，好好告别""万千灯盏寻归处"……希望这些故事可以打动你、鼓励你、治愈你。烟火人间，温暖犹在。

女作家庆山（曾以笔名安妮宝贝闻名）有过一段话："当人写出文字，它们在时间里生长。当读者阅读并记在心里，文字在流动的载体之中实现能量的呈现。它不会熄灭。"是的，时光流转，当徐莺将这些充满生命力的文字再次呈现在读者面前时，我不由得欣喜与感动。因为，那也是属于媒体人的光辉岁月、人生沉淀，是我们至今铭记的理想与初心、慰藉与悸动。

愿所有努力奔赴未来的旅人，回望来时的路，内心依然蕴藏着光和热。

写于 2023 年盛夏

目 录
CONTENTS

CHAPTER 1

看时间成沧海

多想见你一面，在有生之年

父母的一段跨国之恋让他们拥有中英血脉，而历史的巨浪又把这个家庭一劈为三。

对陆戴维、陆吉英兄弟来讲，团圆已成奢望，失散 68 年的妹妹是他们此生最后的牵挂。

两岁离开利物浦

2016 年 7 月 5 日，陆吉英在大女儿的陪同下，登上飞往英国的航班。

8 天行程，他只在伦敦待了一天，把余下时间都留给了利物浦。那是父母相识相恋之地，以及他的出生之地。离开的时候，他是 2 岁的婴孩。再次回来，已是古稀老人。

然而，他对这个城市已全然陌生，连同语言。他租了一辆车，并请当地华人做翻译，跑报社、找电台，寻找失散 68 年的妹妹，那个与他一样，血脉里同时流淌着中英两国血液的妹妹。"分开 60 余年，我心常有戚戚焉，非常想在有生之年，见妹妹一面。"在英国当地报纸上，陆吉英如是写道。

他已经不奢望找到母亲。母亲倘若尚在世，应该已近百岁，记忆中的面容已随岁月模糊。自两岁离开利物浦后，陆吉英就没再见过母亲，包括照片。

不知道住址，甚至名字，没有这些关键信息，让寻亲之路特别艰难。

那一段跨国之恋

陆吉英特意挑了利物浦码头边的旅馆住下——这里原是中国水手上岸后的集聚地，70多年前，父母跨越国界的姻缘就是从这里开始的。

父亲陆贤财，定海盐峙人，年轻时撑小舢板为生。有一回船遇大风翻沉，水性颇好的陆贤财救起一位女子，她在香港撑船的丈夫带着礼包登门答谢救命之恩，爷爷坚辞不收："如果实在要谢，就把我儿子带出去见见世面吧。"

出去，意味着对更好生活的憧憬，以及对他日衣锦还乡的期盼。陆贤财由此到了香港，当了一名商船水手，最常跑的港口，便是英国利物浦。

利物浦与华人的渊源颇深，早在19世纪中叶，就有华裔水手在利物浦登岸之后定居，因勤奋顾家不酗酒，受爱尔兰女子垂青。陆贤财就是在这里，娶了利物浦当地女子为妻。1944年，大儿子陆戴维出生；1946年，小儿子陆吉英出生；1948年，小女儿出生。

一家人天各三方

妹妹出生那年，4岁的陆戴维和2岁的陆吉英被父亲带回中国，寄养在上海的姑妈家，同船来的还有一张铁床及两箱奶粉。

两箱奶粉很快被喝光，兄弟俩饿得嗷嗷叫，姑姑只好喂他们番薯干汤。

父亲为什么要带他们回国？兄弟俩说，当时父亲要养家糊口，负担较重，想将他们在国内寄养一段时间，再回英国上学。

从此，一家人天各三方：父亲服务于"红烟囱"船公司，在香港；母亲带着妹妹在利物浦；陆戴维兄弟在上海。父亲的船一靠岸，哥俩都会跑到黄浦江边探望。

陆吉英7岁那年，父亲交给他们一张照片，那是母亲寄来的，相片上的妹妹应该5岁了，穿着洋装长裙，白袜皮鞋，跟洋娃娃似的。

母亲同时叮嘱父亲，给兄弟俩照张相带回英国，好让她瞧瞧日思夜想的两个儿子长成什么样了。陆吉英和陆戴维被领进照相馆，哥俩之间特意留了点空，在香港加上父亲的影像后，这张照片被寄往英国。这几张黑白旧照，成为兄弟俩目前寻亲的唯一线索。

英国媒体帮忙寻亲

寄养上海不是长久之计，陆贤财把两个儿子带回盘峙老家，托堂嫂抚养。

几年后，陆贤财因病在香港去世，兄弟俩没能见父亲最后一面。交给香港一位朋友收藏的出生证明，也因朋友家中意外失火而灰飞烟灭。

父亲走了，也扯断了兄弟俩与母亲、妹妹的最后一丝联系。

所有风雨都成过去，转眼，当年的"小外国人"都已年逾古稀。

这些年来，陆氏兄弟也曾想方设法寻找母亲和妹妹。10多年前，一次媒体报道惊动了英国天空电视台，记者扛着摄像机漂洋过海来盘峙这个小岛为兄弟俩拍纪录片，并拿到利物浦当地播放，但没有回音。

陆吉英是懒怠出门的人，没要紧事连定海都懒得跑，村里组织的旅游一概没兴趣，在他看来，"还是盘峙最好"。

今年，两个女儿动员父亲出门旅游，港澳、日韩，陆吉英统统不想去，"没意义，要去就去英国，看看出生之地"。

散落人海两不知

7月的利物浦码头，比想象中清冷。码头边上有一块碑："谨以此匾，献给曾经服务于这个国家的中国商船海员，我们不会忘记那些永远不知道丈夫下落的妻子们，还有那些从未见过父亲的孩子们……"

这段文字，铭刻了一段历史——就在陆氏兄弟出生前后，利物浦迎来一波中英通婚高峰，约300名中国水手与当地女子结婚，生育了约900名混血儿童。然而，二战结束后，英国政府开始遣返这些已定居的水手。1945年9月，两天之内200多人被强行遣送回国。这些人抛妻别子，从此与家人天涯永隔。

从时间上看，陆贤财躲过了这次遣返行动，但造化弄人，陆家人最后的命运也与之极其相似：相隔东西半球，散落人海两不知。

别忘了自己从何处来

陆吉英回到了盘峙。

在岛上，村邻习惯叫他"白蓝英"，这是他英文名字的中文音译。"陆吉英"是读书时老师给取的，年少时不觉得，有一天，他忽然顿悟："倒过来谐音'英吉利'，老师是让我别忘了自己从何处来。"

"喵——"窗外，一只猫朝陆吉英叫唤，他夹了一块鱼喂它。

看到流浪猫狗，他总是于心不忍，带回家收养，结果越养越多，共养了10多只，楼上专门弄了一个房间，天热时给它们开空调，猫粮狗粮每次10公斤一袋往家背。

他想给它们一个温暖的家。

村邻们知道他去英国，热心打听："找到了没？"其实，陆吉英对"无果"这个结果并不意外。

此行，他不仅为寻亲，还想追寻自己出生的城市，以及身上另一半血脉的故事。

那个地处英格兰西北部的港口城市，有著名的大教堂，有一支享誉足坛的利物浦球队，还是披头士的故乡，他们唱过一首歌，叫《Let It Be》："即使他们被迫分离，他们仍有机会看到答案，顺其自然……"

母亲的秘密

母亲周萼卿去世的时候，给陈小波留下一个盒子，里面放着证件、遗嘱等重要材料。

陈小波近日整理时发现，里面有一张 19 年前的《舟山日报》，母亲为什么要收藏它，还把它与这么多重要的家庭文书放在一起？这张泛黄的旧报纸背后，埋藏了什么秘密？

夹在遗嘱中的旧报纸

2023 年 2 月 5 日，东港。"我是在整理母亲遗物时发现这张旧报纸的。"陈小波捧来一个盒子，这是母亲周萼卿去世前留给他的，里面有她亲笔写下的遗嘱、履历表以及学生证、工作证等，这些文书、证件几乎浓缩了她的一生。

记者翻开一本制于 1956 年的"普陀县教职员工工作证"，照片上的周萼卿一头齐耳短发，笑容灿烂，那时的她 20 多岁，是虾峙乡黄石小学的一名年轻老师。

陈小波告诉记者，几年前，常居虾峙的母亲因年老体弱被接到沈家门的医院，或许知道来日无多，母亲从虾峙离家时就一直把这个盒子带在身边。去年秋天，89 岁的母亲去世，他在年前收拾家的时候翻出这个盒子，发现里面除遗嘱、证件外还夹着一张旧报纸。

这张 2004 年 1 月 9 日的《舟山日报》，虽然纸张已经泛黄，又有折痕，但看得出主人是精心保存的，头条《"破烂王师傅"，你在哪里？》的标题特别醒目，好奇心驱使陈小波一口气读完这篇报道。

19 年前的一笔千元捐款

这篇报道，说的是一个来自陈小波故乡虾峙岛的捐款故事。

2003 年 12 月，时任千荷实验学校校长的辛文华收到一封寄自虾峙的信及一笔 1000 元的捐款，落款为"破烂王师傅"。受学校委托，《舟山日报》记者徐宏杰赴虾峙岛寻找，连续找了几位以捡破烂为生的师傅，对方都否认有此事。

徐宏杰又赶到虾峙邮政支局，通过这笔汇款的经手人邵红燕得知，"好心人"是大岙村一名 60 余岁的妇女，近年来一直卧病在床。因为行动不便，她把钱交给一位朋友，然后再把钱和信委托邵红燕寄出去，并对她千叮咛万嘱咐："不要把名字说出去。"

报道还透露一个细节：当徐宏杰说这次是受千荷实验学校所托来寻"破烂王师傅"时，邵红燕同意让记者在门外暂等，她单独同那位委托人通电话，并说如果委托人同意的话，她愿意说出姓名。过了一会儿，邵红燕出来说："委托人说大家的好意，心领了，但名字还是不能说。老人做好事绝不是为了名和利，只为了了却多年来的心愿，请你们谅解。"

"破烂王师傅"终究不肯露面，记者也只得尊重她老人家的意愿。

一封手写信成有力证据

母亲究竟是不是这位"破烂王师傅"？陈小波说自己也只是

揣测，他当时已离开虾峙到本岛生活，对母亲是否捐款并不知晓。不过报道透露的六岙村、卧病在床等几点细节与母亲比较相符，而且"60 余岁"的年龄也对得上。但仅凭一张收藏多年的报纸，就认定母亲就是"破烂王师傅"，又似乎有点证据不足。

当着记者的面，陈小波给当年虾峙邮政支局的经办人邵红燕打电话。或许是年代久远，邵红燕在电话里表示，自己已调离原来的工作岗位，20 年前的事情记忆也已模糊，可以找她的同事问问，或许她还记得。

就在陈小波打电话找人时，记者在盒子里发现一封手写信，用的是"虾峙镇中心小学"的信笺，字迹清秀。细读下来，发现这封信就是非常有力的证据，它证明陈小波的母亲就是那位"破烂王师傅"！

首先，信的内容与报上所登内容几乎一模一样，只是在个别用词上有细微差别。比如抬头，报上登的是"尊敬的老师同学们"，而信上写的是"敬爱的老师和同学们"；其次，稿子见报日期是 2004 年 1 月 9 日，这封信写于 2003 年 12 月 10 日，比报纸早一个月。这封信的字迹与遗嘱字迹一样，看得出来是出自同一人之手的。

据此推测 19 年前周尊卿的想法：病榻上的她看到千荷实验学校的消息，想为他们捐款。于是找来一张信纸写下匿名信，寄出前发现"虾峙镇中心小学"会暴露身份，就换了儿媳工作过的"浙江省普陀县丝织厂"的信封，又将信抄了一遍，同时将自己平时省吃俭用攒下的 2000 元钱委托朋友寄出。

至此，19 年前匿名捐款的"破烂王师傅"水落石出。

知书达理的"破烂王师傅"

没有捡过破烂的周尊卿，为何要落款"破烂王师傅"？儿媳陆亚飞回忆，婆婆平日勤俭朴素，在物质并不丰裕的年代，亲友的旧衣她要来补补再穿，或许因为这个原因，所以她自称"破烂王师傅"。

事实上，与"破烂王师傅"这个称谓给人的惯有印象不同，周萼卿气质温婉，知书达理。1934年，她出生于普陀虾峙，16岁那年虾峙解放，聪明好学的她也幸运地有了工作机会。先后在六横青港小学、虾峙栅栅小学任教。1954年，周萼卿去鄞县初级师范学校进修，以学生的身份重新坐进教室。

结婚，生子，正当周萼卿的人生徐徐展开时，不幸降临。32岁那年，丈夫意外去世，留下年仅6岁的儿子。为了一家老小，周萼卿既当爹又当娘，就算生病也要干活，边咳血边做活到深夜，这对身体和眼睛有很大的伤害。

祖孙三代相依为命，活了下来

穷人的孩子早当家，儿子的懂事，妈妈看在眼里，疼在心上。她在遗嘱中提到往事："孩子到山上砍柴给外婆烧，到海边捡烂铁、烂渔绳卖给收购站，如果换来一角钱，会求我花9分钱给他买本小人书，找来的1分也要还给我。"

"他还到泥涂里去捡棚帮（类似现在的汽车旧轮胎），这钱就多了，捡一个可以卖5元，大人们看了也眼红。但要早起摸黑是个苦活，辛苦程度连大人也害怕。有人问他，你起这么早，是外婆还是妈妈叫你来的？他说，是自己来的，悄悄起床不让她们知道。"

虽然妈妈与外婆的照顾与爱护无微不至，但在这样的家境中，陈小波在母亲的潜移默化下养成了艰苦奋斗、克己勤俭的品质。结婚成家后，他与妻子陆亚飞共同创业，在舟山经营华必和饮食发展有限公司。

对这个世界的善意代代相传

即便在生命的尽头，母亲念叨的依然是"不要浪费，不要铺张"。

她还特意写下遗嘱："我一生没有享受过，有 50 多年的病史，做了家中大小事，这是我人生的安慰和骄傲。你们对我尽的孝心，使我得到安慰。特提出几点，切记为我照办：我往生后穿的，用的东西都不要买，更不要向人借，有现成的就用用，没有就算了；尽量省事不要找人麻烦，如果有自愿来帮忙的人也要给他们钱；葬礼做到简单，不铺张浪费，你们不要通知亲朋，不要怕人冷语讥笑……"

"虽然她再三叮嘱我们，办后事的物品都用旧的别买新的，但我们做小辈的，怎么忍心？"儿媳陆亚飞最后还是给婆婆买了几套新衣服，"苦了一辈子，一定要给她最好的"。

陆亚飞感慨，婆婆身体向来不大好，卧病在床多年，收入微薄，所以当年捐出的 1000 元钱，对她来说数目不小，都是平时节衣缩食攒下来的，"不容易"。

不是一家人，不进一家门。19 年前的这个捐款"秘密"，直到母亲去世才被家人揭开。而作为儿子儿媳的陈小波、陆亚飞夫妇，住到哪里、在哪里创业，爱心奉献就到哪里。有公开报道显示，40 多年来，夫妻俩资助贫困学生、捐款捐物等的金额累计超过 30 万元……

即使母亲已经不在，但他们对这个世界的善意不会随风消散。

十八春

一位是为国戍边的俄语翻译官，一位是来自上海的中文系美女老师。每年探亲，她都要坐绿皮火车，抱孩子、背行李，忍受着拥挤和疲惫，穿越8000里的风和雪，辗转奔波4天3夜，到达满洲里的边防哨所。

"哐当、哐当……"拥挤的车厢，残破的睡眠，浮肿的双腿，但对沈慧君而言，绿皮车曾经承载着任何一种交通工具都无法替代的情怀。

18年分隔两地，岁月把边关的雪和内陆的梅酿成了爱情的酒。

"我一对照，觉得三条标准他都对得上"

"安徽大学广播站，现在开始广播……"20世纪70年代，上海知青沈慧君在安徽大学中文系就读；而他作为部队选派的学员，在外语系学俄语。

各学院都要选一名学生当播音员，两人经常搭档。

虽然学校规定不能谈恋爱，但岩缝里也能长出小草。毕业前，一次播音结束，他鼓足勇气问："小沈，我想问你一句话，我问了噢，我问了噢……"

哎呀，这句话怎么那么难出口？突然间，她明白了什么，既期待又怕听到。

"你别问了。"她说。

"你知道了？那你啥态度？"

"我回家问问父母。"

他给了张照片，让她带回家，后面还写了几句俄语。

父亲是离休干部，给未来女婿定下三个标准：作风正派，身体要好，有一技之长。沈慧君一对照，"觉得他都对得上"。

"老二啊老二，你带回来一个'聋子'"

没想到回家一说，母亲觉得荒唐："我们是南方人，长江以北都不考虑，你居然给我找了黄河以北的！"

看母亲反对，沈慧君把照片还给了他。他有点沮丧："我们都受过高等教育，这种事情自己可以做主。"

"相信浪漫主义的我，觉得爱情是可以跨越时空的。"在沈慧君的坚持下，母亲妥协："那你带回来见见面吧。"

他讲普通话，母亲讲上海话，"本来我能当翻译，可母亲非要把我支开，结果听得很吃力。她说，老二啊老二，你带回来一个'聋子'，也罢，反正以后是你跟他过日子。"

"谁家小孩啊，差点当垃圾扫掉"

结婚后，她在安徽六安的高校任教，他在满洲里的边陲守哨，那个年代最普遍的联系方式就是写信。"和写日记一样，每天我写一篇、他写一篇，攒够一个星期寄一回，每封信都沉甸甸的。"

一放暑假，她就带着孩子去满洲里探亲，"从六安、合肥、蚌埠、北京到哈尔滨，转车4次才能到达，最后还要在草原上走

6 小时才能到达部队"。

每一趟都需要 4 天 3 夜，一个女人既要抱孩子又要背行李，无法言说的疲惫。女儿刚学会走路的时候，她说："宝宝，边走边数地上的砖格子。"这其实是哄她走，走一段再抱一段。

有一回沈慧君把孩子放在车座底下，好让她舒展身子睡觉。结果列车员拿着笤帚扫地，吓一跳："哎呀妈呀，谁家小孩，差点当垃圾扫掉！"

"那时人跟人之间的关系特别单纯美好"

每次探亲，沈慧君都会先到北京西直门买好火车票，算出大致几日几点到达终点站。

没有手机的年代，她就给两块钱，把地址写给边上的人："麻烦你代我发个电报，通知我老公来接。"时至今日，她依然很感激那些素不相识的人，"没有一次落空，都给我发到"。

候车时，她会找人搭讪："你哪班车走啊？"如果是比自己晚的，她就买张站台票，让人帮忙把行李拎到车上，"那时人跟人之间的关系特别单纯美好，没有什么不放心的"。

卧铺一票难求，没想到有一次，在西直门转车时竟然买到了。

尽管挪动艰难，但一想到马上就能睡到卧铺，沈慧君还是很开心的。她最后一个挪进车厢，拖着行李、抱着孩子，大家已经入睡，"我就像董存瑞托炸药包一样，把孩子给托到上铺去"。

原本抱在怀里的孩子，"哇"的一声哭了起来，把底铺的大爷吵醒了："哎哟，这都啥时候了。"沈慧君连忙道歉："对不起大爷，我的小孩。"

"下来下来！这样举着小孩多危险！"大爷利索地腾出下铺。

沈慧君赶紧道谢，"我把 10 块钱差价补给您"。因为上下铺有差价。

"什么钱不钱的，快休息吧！"

"好不容易买了张卧铺票想睡个好觉，结果我愣是没睡着，感动得一个劲流泪。"

"我洗，我洗……"

"宝宝，去看爸爸啦！"绿皮火车"咣当咣当"驶进海拉尔车站，结果所有人都走空了，他竟然没出现！抱着孩子徘徊在站前广场时，忽然有人叫："嫂子！"原来是部队的炊事员，买菜正巧经过这儿。

沈慧君看到救星一样，"你看到武翻译没有？"

"武翻译昨天就来接你啦！但是，他临时有会晤任务又赶回去了。"

没辙，只得找招待所先安顿下来。次日天亮时，他来了，她心里那个气哟："你说，你是不是猪脑子？有任务你让别人来接啊！"他说："叫你轻装上阵，你又大包小包……"

"那是我给你带的礼物！"沈慧君打开行李包，尿布，砸过去！火车上换洗下的脏衣服，砸过去！他态度倒蛮好："我洗，我洗……"

最后砸过去的是旅行包，他机灵地躲开了。

此生最爱向阳花

"别闹了，我们赶紧上车回部队！"他抱起孩子，拉妻子出门。

一出门，她就惊呆了：门口停了一辆大吊车！原来，有位老乡要进城办事，他顺道来接。

他兴奋地一会儿指蓝天，一会儿指草原："你看那雄鹰！你看那獐狍……"沈慧君被颠得五脏六腑都快吐出来了，他安慰说："你往前看风景就不晕了。"

沈慧君白了他一眼："哪里有风景，往前看只有吊钩！"

…………

风景快速退后，随岁月流逝成过往。20世纪90年代，沈慧君因工作调动到浙江海洋学院任教，丈夫转业后也来到舟山工作、生活，分居18年的一家人终于团聚。

每当战友来舟山的时候，他最喜欢带他们去舟山鸦片战争遗址公园，参观三忠祠，那里有他割舍不断的军旅情结。

回忆这些往事的时候，年过花甲的沈慧君笑着说，她最喜欢的一张夫妻合影，背景是向阳花。因为他的名字，叫武向阳。

穿越半个世纪的爱恋

倾诉人：王霜颖、郑枝叶（化名）
倾诉时间：2007 年 11 月 2 日

　　那天上午，编辑接了个电话："您到舟山了？现在就过来倾诉吗？行，我们等着……"搁下电话后，编辑告诉我："这是我曾经约稿的一位作者，老先生当年从舟山迁居福建，现在已经 70 多岁，最近在舟山找到了他的初恋情人，这趟特意过来，倾诉这段感情故事。"

　　11 点左右，一位面目清癯、鬓发灰白的老先生走进办公室，身边伴着一位体态微胖的老太太，想必这就是那位"她"了。"离开舟山太多年，都不知道报社已经搬家，我们刚才摸到和平路上去了。"虽年届古稀，老先生的言行举止依旧潇洒。

　　于是我听到一个与小说、戏剧里的情节极相似的故事——青梅竹马的恋人，山盟海誓的爱情，紧接着一段棒打鸳鸯的被迫离散，若干年后意外重逢，都已面带风尘鬓染霜。

一

　　王霜颖是真的爱他。用她自己的话说："我爱的不是宝贝

'财'，而是他的'才'。"

他叫郑枝叶，与她同村，同校。20 世纪 50 年代，岱山岛上的一个小渔村，村里小学规模很小，几个年级在一个教室里上课，大她两岁的郑枝叶还成了她的同桌。

"我们放了学经常在一块儿玩。他现在还记得当时我们家的陈设，有一张旧的钢丝床。"

"他父母去上海的晚上，他一个人不敢睡觉，就叫大伙儿去他家过夜壮胆。我也去了。10 多个同学，每人抱着一捆稻草，在泥地上打了厚厚一层地铺，大家兴奋极了，闹到很晚才睡觉。"

这些尘封岁月的往事，她记得，他也记得。

"她聪颖、善良，人也长得美。我们小时候就很亲密，有共同志向、互相爱慕，称得上是青梅竹马。"

提起当年的王霜颖，他眼神温暖。

情窦初开的年纪，处在一群年纪相仿的少年中，她的眼睛里唯有他。亮光中的他，年轻、俊秀，充满激情和理想，是班干部，又写得一手好文章。躲在暗暗的角落里，女孩子的暗恋就这样发生了。看着他，她的眼神纯洁，犹如初夏的阳光。

"比我们年长几岁的哥哥、姐姐开始谈恋爱。我也傻乎乎地想，如果找对象，我谁也不找，就找郑枝叶！"

二

13 岁那年，王霜颖全家搬迁至舟山本岛。好不容易盼到放假，回老家寻儿时玩伴——其实最想见的人是他，却总是失望而归。因为他都趁假期去上海与父母团聚。

每一次都是错过。不久，郑枝叶父亲所在的工厂从上海迁至福建，郑枝叶也随父亲同往福建，并在当地找到了工作。

那是 1956 年的事了。然而爱并没有冷。王霜颖辗转听说他的离开，便找与他通信的同学要他的地址，给他写了封信。信写得简单，还附上一张近照，郑枝叶睹信思人，看当年那个小女孩已经出落成聪颖美丽的姑娘，不禁心潮澎湃。原本暗生的情愫就像一颗种子，遇上适当的气候，适当的浇灌，便开花结果。

这一年，郑枝叶19岁，王霜颖17岁，他们用写信的方式开始热恋。

"三年后，她的来信突然中断，我不知道个中原因。"

当时从福建到舟山的信得走整整一个月，郑枝叶继续写了几封信，都石沉大海，年少敏感的心原本就有些自卑：自己家境不太好，王霜颖又长得漂亮，原本就配不上人家的，说不定她有了更理想的对象？

苦盼数年依然杳无音信，再加当时交通极其不便，更无电话可以联系，他最终没能赶回来找她。

几年后，已看不到重逢希望的他与当地姑娘结婚、生子。工作上，才思敏捷的他深受赏识，事业发展得一帆风顺。"然而霜颖为何中断与我的书信，成为我心中难解的谜。"

一眨眼，50年过去了。

去年8月，郑枝叶忽然接到一个从家乡打来的电话，几乎已辨不出那边的声音。"我是霜颖。"既惊又喜之下，却又不知从何说起，两人在电话两端痛哭不已。

"以后的几次通话，她屡屡哭诉这些年的遭遇，我才知这50年来，她无时无刻不在思念我，我方才知道我俩的恋情是如何变成悲剧的。"

三

20世纪50年代，沈家门渔港十分繁忙，全国各地的渔船在此云集。其中最多的是福建船，又名为"连家船"，就是全家居住在船上，许多船民穿着单薄，生活艰苦。

冬日，霜颖母亲在码头看到连家船上的女人衣衫褴褛，还背着小孩做饭，立刻想到自己的女儿正与一个"福建人"通信。

"她的母亲以为福建人都这么苦，再加上霜颖是家里的独生女，生怕骨肉远嫁吃苦。"

霜颖的父亲一面暗地里截下枝叶的来信，不允许女儿继续通信，一面赶紧托人替霜颖寻找婆家。

不久，便有媒人上门提亲，说有个独生子，母亲在上海工作，家中还有香港亲戚，婚后即可迁居香港。说得霜颖母亲满心欢喜，一口允下这门亲事。

痴情的霜颖已非枝叶不嫁，偷逃到同学家躲避。男方说，霜颖家拿走了几千元的礼金，不嫁就退礼金。母亲追到同学家，以自杀相要挟，硬要霜颖回家嫁人。

霜颖只得跟着母亲回了家。虽想逃到福建找枝叶，却苦于无路费又不懂路如何走，只能被强逼成婚。

四

结婚、生子，不过 20 岁左右的年纪，霜颖的眼神却冰冷了，沧桑了，再不复当初的温暖和纯洁。没有人知道她平静的躯体里有着怎样的伤痛。

婚后霜颖过得并不好。什么婆婆在上海有一份体面的工作、婚后将移居香港，统统都是谎言。婆家人犹如演了一台戏，而她付出了一生的代价。住在租来的房子里，常常吃不饱、穿不暖，还要扛起这个一贫如洗的家。

父母见霜颖过得不好，生活又实在太苦，劝她离婚。霜颖舍不得离开亲生骨肉。

何况，离婚并不能找回意中人。这世上唯一想嫁的人，她觉得自己已经配不上他了。

然而她始终没忘记枝叶。每当生活中遇到不开心不如意的事，枝叶的影子就在她脑海中浮现。

1982 年一个寒冷冬日的下午，王霜颖在工作中遭遇"寒冬"，她不得不离开深爱的岗位。收拾完要带走的东西，坐在她曾为之抛汗洒泪的地方，心里空落落的，她找了一张纸，写下一首小诗："枝叶枝叶，你在哪儿？"这张已经泛黄的方格稿纸，保留至今。

同样，枝叶对霜颖的思念也是几十年未断。因为初恋时书信中断得太突然，枝叶一直感觉生命里有个谜题未解。

郑枝叶每次返回故里，都向家乡亲友打听霜颖的近况，"她让我牵肠挂肚了 50 年。"

五

婚后的种种遭遇和不幸，让霜颖悲伤了近 50 年。

虽然历尽苦难，但她内心深处始终记挂着一件事：一有空就找机会打听枝叶的工作单位、家庭地址和联系电话，将热恋时为何中断与他通信的原因跟他说个明白。而这个机会竟像上天安排似的来到她的身边。

2006 年 8 月，霜颖处理完母亲的后事，顺便去看外公的坟墓，山上下来一个扛锄头的男子，盯了她几秒钟后问道："你是霜颖阿姐？"霜颖疑惑，细辨眼前人的面目，还是不识。"我是枝叶哥的堂弟呀！"男子说，"枝叶哥时常打电话来问你的下落，你这些年在哪里？"霜颖既惊又喜，找了纸笔，记下枝叶的电话号码。

回到家后，霜颖拿着手机犹豫了半天。既想打，又怕打。想说的话实在太多，而通话的结果会怎样？她的顾虑也不少。

按捺住怦怦乱跳的心，反复把开场白排演了几遍，她最终鼓足勇气，拨通了电话。

结果令她失望——那边接电话的并不是枝叶本人，而是他的妻子，"他还没到家，你 7 点左右再打来吧。"

7点。王霜颖再次拨打了这个号码，一个熟悉的声音在耳边响起："你好！哪位？""我是霜颖……"两人在电话两端痛哭不已，只得彼此相劝："别哭，别哭……"

2007年8月，枝叶写下了一首叙事诗，纪念两人恢复联系1周年。

六

去年冬天，郑枝叶回了趟舟山，王霜颖拉旧友一同前去探望。四目相对的刹那，两人都差点认不出对方，姑娘已不复当年的容颜光洁，小伙也已白发苍苍。

还爱吗？相隔半个世纪，他的心依旧热。

"我愈发深爱她。她虽然也是老态龙钟，步履蹒跚，但在我眼中还像当年那样美丽。这种爱是发自内心的，是无价的。"枝叶说。

霜颖微微脸红："老了，都老了。不过他的声音一点没变。"她指着自己身上的新衣一脸甜蜜，"这是他新给我买的"。

泛黄的旧照、曾经的诗稿摊满一桌。

穿越半个世纪的时光，他们跋山涉水终于来到爱人面前。

沉默年代

倾诉人：余一（化名）
倾诉时间：2013 年 8 月 22 日

一壶养生茶被烛火烘得暖暖的。我往余一的玻璃杯里添茶的时候，他从包里翻出一张相片递过来，"这是我年轻时的照片"。

我接过。父辈们常见的泛黄相片，上头的男孩眉清目朗。

"这段情埋在我心旦整整 38 年了，没人可讲。如果不来找你们，估计会带到棺材里去。"余一喝了口茶，然后，道出这段尘封往事。

一

那年我 20 出头。春天的时候，父母差我去杭州找人办事。事情办完后我并没有马上回舟山，想趁这个难得的机会好好玩一下。

有一天，我去游西湖，岸边靠泊着几艘游船，一个船娘正在招呼生意。那时的游船小小的，木质的，用桨划的，坐船的游客不多。我早就在书本上看到过三潭印月，心生向往，想着乘船去欣赏一番也是好的，便跳上船去。我刚坐稳，后面有两个姑娘也跟着跳了上来。

这两个姑娘，一个身材高些，大概 1 米 64 左右；另一个矮些，1 米 6 不到的样子。船娘载着我们三个游客向湖心亭划去。

二

说来也是凑巧，那天出门的时候天就有点阴阴的，我怕半途下雨，就在包里塞了一把伞。春天的杭州是孩子的脸，这天气说变就变，船划到一半居然下起雨来。

我赶紧拿出伞来遮雨，可是那俩姑娘什么雨具都没带。我总不能看着人家姑娘淋成落汤鸡吧，就把伞给了她们。

船娘瞧见，笑着调侃我们说："你们三个活生生就是一出《白蛇传》啊，喏，你是许仙，她俩是白娘子和小青，唯独戏里划船是船公，可我却是船婆。"

我们听了都哈哈大笑起来，有点害羞，又蛮开心的。

三

摇橹声悠悠，船娘把船摇到湖心亭，我们就上岛了。我记得很清楚，岛上有西湖特产藕粉汤卖，我们三个各要了一碗藕粉汤，坐在那里边聊边喝。

她俩都是余杭人，个子高点的叫闻琴（化名），个子矮点的叫苏月（化名），都在乡下当赤脚医生，趁假期来杭州玩。

雨中的西湖真是美如画啊，我们走着、聊着，也感觉像在画中行走一样。雨大时，我们三人同撑一把伞；雨小时，伞让给她们使用，我一个人在旁边稍微淋点也没事。

我年纪比她们大了两岁，平时喜欢看书，每到一个地方就讲些典故给她们听。就这样说说笑笑，感觉蛮好，越走越走不分开。游完湖心亭回到西湖岸边，我们索性结伴同游，去了岳庙、灵隐寺等风景名胜点。

四

不知不觉，天色已黑，她俩要坐公交车回武林门，那里原本是个客运站，有发往余杭等周边地区的班车。我一个人晚点回旅馆也无所谓，就送她们一程。

杭州的公交车就跟沙丁鱼罐头一样，挤得密不透风。我们上车时已经没有座位，只好拉着扶手，前胸贴后背地站着。拥挤的人流很快把苏月挤到后面去了，我跟闻琴离得比较近。

想不到车子来了个急刹车，闻琴站立不住撞了过来，情急间她想抓住我的手，而我怕她摔倒也去拉她。这样一拉，就没有分开。

武林门快到了，她轻轻问了我一句："你还会再来杭州吗？"

我说："可能会来吧。"

其实说这句话的时候，我是底气不足的。因为当时交通远不像现在这么发达，从舟山去一趟杭州，比现在去一趟北京还难。早上五六点钟起床，从家里出发，坐船到宁波已是中午，再坐火车，到杭州时已经晚上五六点钟，要颠簸一天，普通人家没啥事是不会去杭州的。

五

车子到了武林门，我们便一起下车了。我们互留了地址，然后带着对方给的礼物，告别。

我给她们两人买了丝绸手帕，上面画有三潭印月，一人一块；还有一样东西我忘了，好像是笔记本之类的，也是一人一本。

她们也回赠给我杭州特产，我印象中是云片糕之类的点心。

回头走了没几步，闻琴忽然拔腿向我跑来，气喘吁吁地停住，然后跟我说了一句话。我们在一起游玩时说的是普通话，唯独临别前的最后这一句是余杭话，没怎么听懂，那句话我揣测了很久，觉得应该是"下次再来这里玩"的意思，我点了点头。

六

从杭州回来后，我就照两个姑娘留下的地址给她们写信，当时年轻人的联系方式就是通信。因为是跟她们两人一起结伴游玩的，所以我在信封上写的也是两个人的名字。

没想到我的信刚寄出，闻琴的信就到了。拆开信封一看，第一句话就是："哥，你把我的心带走了。"你听得懂这句话的意思吗？看到这句话，我的心扑通扑通跳得厉害，尽管快40年了，我依然记得那种心快从嗓子眼跳出来的感觉。

当时人的思想观念都很保守的，一个姑娘能这样跟我说话，那意思再明显不过了。

跟你讲句老实话，要是现在，我就直奔杭州找她去了，毫不犹豫！

但是当时的交通太不发达了，去趟杭州非常不容易。所以，我们只能靠书信维持联系。

七

一开始，我的信是写给两个人的：闻琴、苏月收。后来看苏月基本不出现，收信人的名字也就只写闻琴了。虽然彼此心知肚明，但我们写信时，还是比较隐晦的。当时的人都是这样，含蓄，保守。

我跟闻琴通了两三年的信。有一回她在信中提到，家里人已张罗着给她介绍对象。我明白，我们在一起的希望太渺茫了，因为距离太远。

既然不能相濡以沫，不如相忘于江湖。渐渐地，我们的通信从一星期一封到半个月一封、几个月一封，最后，彻底断了联系。

我结婚后，把她的所有来信都烧了，因为怕妻子看到影响家庭和睦。但这些年我从来没有忘记过她，包括她的名字、地址，虽然这些都已随燃烧的信封灰飞烟灭，但却深深铭刻在我心里。

我这人歌唱得不好，但是挺喜欢听歌的。每次听到这两首歌的时候，我总会想到她。一首是费玉清的《千里之外》，"送你离开，千里之外，你无声黑白，沉默年代，或许不该，太遥远的相爱……"费玉清唱得太好了！每次听到那歌词，就想起当年我和闻琴分别的情景，沉默年代，遥远的相爱，这歌里写的不就是我吗？

从外貌来讲，闻琴不漂亮，是朴实型的，有着那个年代农村少女特有的淳朴。

我已年过花甲，感觉这人活一辈子，缘分真是很奇妙的东西，有的人匆匆走过就忘记，有些人即便是只看过一眼，也会记住一辈子。

CHAPTER 2

那一场呼啸而过的青春

致我们波澜壮阔的青春

    大杨树的炊烟，加格达奇的林海，大庆油田的漫天风沙，老白干就着鱼干的除夕夜……20 世纪六七十年代，大时代的潮流把一批批舟山知青从东海渔港，送到了遥远的边疆。

    那段波澜壮阔的青春岁月对现在的年轻人来说，可能只是一段历史，但对那些亲历者来说，是一段刻骨铭心的记忆，是人生中浓墨重彩的一笔。

"从来没见过这么大的麻花，像小胳膊那么粗"

    1970 年 6 月 2 日凌晨 3 点，黑龙江省双鸭山市集贤县的福利屯车站。这里是中国人民解放军沈阳军区黑龙江生产建设兵团三师的中转站，来自浙江、上海、天津、北京等地的 45 万知青在这里，乘卡车去各团各连。

    "我们这批舟山知青共去了 600 多人：岱山一个连，100 多人；普陀两个连，200 多人；定海三个连，300 多人。" 24 岁的陈仁瑜，也在其中。他与战友们于 5 月 29 日从定海出发，经过 5 天 4 夜的舟车劳顿到达福利屯。

    让这群来自东海之滨、从未出过远门的年轻人惊讶的是，"3点的舟山，天几乎还是墨黑色的，但东边天空已经亮了。"初夏凌晨依然低至零下的温度，这让穿着衬衫的舟山知青忙不迭地换上棉衣棉裤。

比陈仁瑜大两岁的杜安苏，后来撰文回忆："站里站外，满眼都是穿黄棉袄的男女学生。大家都睁着好奇的眼睛懵懵懂懂地打量着这个大屯子。"

每人都发到两根大麻花当早餐。时隔 40 年，陈仁瑜对那两根麻花依然记忆犹新："从来没见过这么大的麻花，像小胳膊那么粗，大家都不喜欢吃，几乎都扔掉了。"

"找来小舢板拼命划，就为多看孩子一眼"

青春的冲劲与懵懂并非黑龙江建设兵团的"黑哥黑姐"们独有。远至宁夏、内蒙古、吉林、小兴安岭、大兴安岭，近至浙江的萧山、湖州长兴李家巷等，在远赴异乡的舟山知青身上，都可以找到似曾相识的场景与心情。

1970 年 10 月 30 日，身穿绿军装的六七百位舟山知青，被分编成六个连，在父老乡亲敲锣打鼓的欢送下，登上了 601 轮船。

这里头有 26 岁的洪国光，他因为马上要亲眼见到书本上的大兴安岭而兴奋不已；这里头有 16 岁的田建英，因为向往《智取威虎山》里的林海雪原，她瞒着父母偷偷报了名；这里头有 24 岁的张雪如，离家前，老母亲千叮咛万嘱咐："阿四（他在家中排行老四），出远门了，要注意身体，不要伤风感冒，没人照顾你了。"

那一张张稚气的脸庞，尚读不懂亲人惜别的泪。孙国平记得，"601 轮起航时，码头上抱的抱，哭的哭，叮嘱的叮嘱，有的亲人还找来小舢板拼命划，追赶着孩子，就为多看一眼、多看一秒"。

"吃着自己种出来的粮食，深深感到劳动的幸福"

黑土地、黄土地、红土地，不同颜色的土壤代表着知青们当年走过的不同足迹。

内蒙古的马拉山下，江南的钱江潮畔，南腔北调的人群里都混杂着熟悉的舟山方言。虽然回家过年聚会时大家会比比哪里更艰苦，但知青岁月的酸甜苦辣是相似的。

1972年赴小兴安岭的知青们，住的是泥坯房，"刚去的时候我们不太会说普通话，只能用夹着舟山话的普通话问当地人：呀，你们这儿都住'那泥'（指泥巴，用泥巴盖的房子类似土坯房）房子啊"。吃就更不习惯了，"家里是吃白米饭的，实在吃不惯北方的大米渣子、小米渣子、窝窝头"。

然而，正是环境的艰苦，让年轻人们快速成长起来。

1966年赴宁夏的陈义夫回忆，知青们学会了挖沟渠、拖羊粪、平田整地、积肥打草、放猪放羊、堵渠抢险……荒凉的盐碱滩因知青们的到来，枣花飘香。

当郭伟民在萧山兵团"住着茅草棚，喝着咸塘水，筑大坝，开河道"时，李菲弘在小兴安岭伐木、刨穴，"刨一个直径120厘米、深60厘米的穴，得人民币一分钱"。

其时，陈仁瑜在黑龙江建设兵团抛洒热汗，"一垄地长4800米，早上下地锄到那头，已到中午；零下二三十摄氏度去挖排水沟，一坐下休息就牙齿打战；每晚给三班倒的驾驶员送夜宵，汤和馒头用脸盆盖上再用棉被包好，一根擀面杖挑着走"。

内蒙古兵团的刘胜刚在看完李家巷知青回忆文集《岁月有痕》后，写下这样的文字："当我们在宿舍红炉前搓揉被雪咬疼的双耳时，会从心里羡慕留在江南浙江兵团的战友，好福气。但翻阅了《岁月有痕》后不禁感慨，浙江兵团原来是黑龙江、内蒙古等兵团的克隆，战友不分地域同甘共苦。"舟山知青，将激情、汗水、热血洒在那片热土上。

到北大荒 2 年后，章苏南在给父母的家信中写道："荒凉的景象已一去不复返，住着自己盖起来的房子，吃着自己种出来的粮食，我深深感受到劳动的幸福。"

"马夫一边把知青的脚搂进大衣里，一边把草塞进棉鞋里"

时过境迁，再来回忆这段青春岁月，快意的、麻木的、奋斗的、痛苦的、热烈的、感伤的……再多的形容词也无法精准描述那段日子。

青春的快乐可以很简单。"碰到杀猪开心极了，心肝肺肠弄一串，1 块 5 毛钱，吃腻了窝窝头的知青们，又好改善伙食了。"偷鸡吃、偷酒喝，这些小插曲让那段枯燥的日子变得生动而有趣。

这是温暖的青春。知青和当地人相处得不错，"一次暴风雪，一位舟山知青坐马车去团部拉粮，冻得直打哆嗦。马车夫喝住马，走进草甸子拔了一大把草，一边把知青的脚搂进他的大衣里，一边把一团草塞进棉鞋里……"

这是甜蜜的青春。虽然女知青们最爱穿军装，裤腿卷得高高的，打扮很中性，但也挡不住男知青爱恋的眼神，不少人在异乡喜结良缘。

这也是为梦想坚持的青春。在北大荒，杜安苏带着一套《古文观止》，直排线装，纸页泛黄。每天撕一页揣在口袋里下地，休息的哨子响了，便掏出来坐在地垄上诵读，辨认汗水浸渍的字。恢复高考时，杜安苏金榜题名。

"年轻时经历过的苦难，使生命更有韧性"

1971 年 12 月 10 日 7 时，送别知青的定海码头，"浙江 601

轮"缆绳即将松开时，桥突然断了。人们涌在 V 字形的栈桥中。有人因此断言："这批人可以回来，因为送桥断了！"

后来，除了少部分因参军、招工、提干、升学或病退等原因离开的知青外，大多数知青 1978 年后陆续回到舟山，找到各自的人生坐标。

从北大荒回来的知青张雪如被分配到舟建公司，放下受人尊重的"技术员"身份，从普通工人干起。10 多年的知青岁月练就了他的敬业精神，也让他熟谙东北建筑行业成熟的体系，"哈尔滨电机厂、哈尔滨汽轮机厂和哈尔滨锅炉厂三个国家大型装备工业企业，人称'三大动力'，我们都参与了建设；大庆的剧院、新华书店，也都是我们盖起来的"。

见过"大场面"的张雪如，很快被慧眼识才，1992 年即出任舟建公司总经理，后任大昌建筑集团董事长，获评舟山建筑业领军人物，并被中国建筑业协会评为全国为数不多的建筑领域优秀企业家。

只身闯荡非洲尼日利亚的知青孙国平，在西非最大的港口城市拉各斯，建立了当地最大的中国商城——龙城，为中非贸易提供交流平台。如今的他，是尼日利亚中国商城董事长、拉各斯中国工商联合会副会长、尼中友好协会拉各斯分会会长、拉各斯华助中心主任。因为对当地卓著的贡献，孙国平被尼日利亚政府授予"华人酋长"封号。

每次在创业路上遇到拦路虎，孙国平都不怵："在大兴安岭当了 10 年知青，什么苦没吃过？一点困难吓不倒我！"

他们的战友孔建荣，已经拿到国家一级武术教练的证书，被列为舟山船拳继承人。

叙旧，回忆，重回故地，写文章，出书……聊起那段岁月，知青们青春焕发。洪国光、田建英不约而同提到"韧性"这个词："年轻时经历过的苦难，使生命更有韧性，知青们有了坦然面对人生的勇气和力量。"

　　舟山市史志办的徐宏达，在编写一本关于舟山知青支边纪实的书时，试图还原一座城市的知青轨迹。编写中，他发现最大的难点是，具体数据较难查找，舟山到底有多少知青，哪一年哪一批去哪里，当时并没有明确记载。

　　与数字相比，上山下乡对个体生命的影响更直观而立体。无论知青们如何评价，那段岁月已经悄然远遁。通过知青们为下一代取的名字——诸如"南飞""吉浙"这些字眼，当年的理想、爱情和那段波澜壮阔的青春依稀浮现眼前。

少年的淬炼

从打铁少年到口语翻译，走过美国、法国、澳大利亚、新西兰等30多个国家，刘少令凭着刻苦好学、坚持不懈完成了成长的蜕变。

他的破茧成蝶，缘于一场年少时的淬炼。

锻工之苦，难以言述

我的父亲是高级工程师，母亲是舟山医院前护理部主任，所以我从小受到良好的家庭教育，立志成为对国家有用的人才，可惜因情况特殊，16岁就到永康拖拉机厂当了名锻工。

中国有一句古话："天下三种苦活，打铁、撑船、磨豆腐。"锻工就是打铁，要说有多苦，难以言述。

先说环境，车间虽有大烟囱吸烟，但由于烟道太深，吸不走烟雾，车间内烟灰缠绕，三米内看不清人脸，一摸满脸都是灰。

再说穿着，车间内高温，我们必须穿厚帆布工作服，戴黑眼镜、皮手套、工作帽，脚穿军用皮鞋，以防烫伤。

出渣是又热又脏的活。夏天，室外40摄氏度，炉边气温高达60度，灼热难熬。我们要把烧红的铁胚勾出来，将1000多度的灼铁立即丢到空气锤边，这个过程非常热。

师父掌空气锤，徒弟握模具，趁热打铁。因为铁冷了就不能锻打。锻打必须注意力高度集中，姿势端正，力量均匀，操作熟练，一不小心铁就会飞出来或成废品。

有一次，模具碎片飞出来，灼热的碎片刚好打在我腿上，幸亏没打到肉，只是打破了裤子。

每天下班，全身上下墨黑，跟煤矿工人出井一样，鼻子口腔里都是灰。洗澡要从头洗到脚。下班路上、食堂排队，有人看到我们就叫："黑鬼来了！"大家纷纷让开。

前路艰难，自学成才

一干就是 8 年，我把最好的青春年华献给了打铁。学习期满通过考试，我被评为优秀学徒。但日复一日的打铁生活使我不得不思考，难道一辈子做打铁匠吗？

我想读书！记得 1969 年，我在老家镇海中学借读时，成绩名列前茅。有同学不愿学习上课吵闹，我郑重其事地对他说："现在不好好学，老了会后悔的。"那时我才 15 岁。

我暗下决心，不管前路有多艰险，一定要自学成才。

自学数理化可不是容易的事，当锻工时，我耐心坐下来学数学，指数、次数、三角函数……面对一个个枯燥乏味的阿拉伯数字，我力不从心，想学也学不会，无奈之下就去请教工厂里的大学生，大学生说："你连 3 减 4 都不会，怎么学呢？真是癞蛤蟆想吃天鹅肉！"我硬着头皮，一遍又一遍地做练习。

为避开用电高峰，我们被安排下半夜上班。在繁忙劳动的间隙，工人们腋下泛着盐花的工作服打盹，而我却借着车间昏暗的灯光，在地上一遍又一遍地做数学题，没有讲义我想办法借，别人在教室上课，我在窗外偷听。休息天是好时机，我关起门来在寝室里学习。

从零开始，苦背单词

1977 年，高考恢复，我语文、政治一天都没有复习过，分别考了 71 和 70 分，可惜数理化太差，总分只考了 181 分，以 19 分之差没被录取；1978 年，我被"七二一"大学录取，机械制造专业，学制 3 年，全脱产学习，我总算是攀上了求学的列车。

上了大学，我从零开始学英语。

我有多努力呢？每天抄一张单词放在口袋里，边走边背；休息天找同学玩，先在纸上抄 50 个单词，一路走一路背，到了目的地，全部背出；学校夜自修结束熄灯，我躲在蚊帐里打着手电筒背单词；就连做梦也想着单词，半夜三更背出来再睡……

早读晚读是我的习惯。我们工厂围墙外有一片小树林，这是我每天必去之处。绿茵茵的草地，硬是被我踩出一条小道来。

为了背单词，我还闹了不少笑话：有一次，我和妻子去城里买菜，我边走边背单词，不知不觉走进了书店，把妻子给"丢"了。有一次烧饭时，只顾背单词的我把饭都烧糊了。

排队买饭，我在背单词；上厕所，我也在背单词；回家探亲路上的时间是我看书的好时光，从上火车一直到终点，一本书不离身。

有一次，班里同学与我打赌，早上 9:30 起到当天晚自修结束，能不能连默三篇新课文。结果，我当着全班同学的面默写了 20 页纸，一字不错，同学心服口服拿出 5 块钱。当时的 5 块钱可比现在的 500 元还值钱。

一本英语词典，我过目成诵，每天晚上学到凌晨 2 点，很少上街，常常一坐就是 18 个小时。每次考试我都是第一个交卷的，成绩位列榜首，所以同学们爱叫我"刘博士"。

现在我还经常习惯性地摸摸口袋，发现没纸才恍然大悟："啊，我已经 60 多岁了，学得差不多了。"以前我总认为背两三个单词就像大海里多一滴水，沙漠中多一颗沙粒，对于提高英语水平无济于事。但日积月累后，我终于体会到什么是"水滴石穿，铁棒磨成针"，过去整篇文章都是生词，看不懂。现在再难的文章拿来基本无生词。

门门全优，赴穗进修

3年后，我以门门全优的成绩毕业，毕业设计还得了一等奖。

回到永康拖拉机厂后，我当上课题组长，设计的产品得过全国优秀新产品奖、浙江省优秀成果三等奖等，还在国家一级杂志发表学术论文，翻译的两篇文章刊登在国外内燃机国家杂志上。1988年，我被破格评为工程师。

1985年，我们厂获得一个去广州强化进修出国英语的名额。这对全厂的大学生来说是一个非常好的机会，大家争先恐后，竞争非常激烈。最终，我从300多名竞争者中脱颖而出，拿了第1名，赴广州面试后被录取。

广州有花城美名，但在学习的一年里，我无心游玩，因为所有课程都是英语教学，而通过率只有50%，难度相当大。

一年苦读，我拿到证书，相当于目前英语专业8级水平。

从广州回到厂里后，我多次担任翻译。

坚忍不拔，破茧成蝶

20世纪90年代，因为兄弟姐妹都在外工作，无人照顾年老体弱的父母，我申请从永康调回舟山老家，在舟山市劳动局职改办人才交流中心工作。由于酷爱英语，舟山远洋公司成立时，我辞去优厚稳定的公务员职位，自荐到这个公司担任翻译。

1992—1993年期间，我随市政府代表团出访太平洋岛国，到塞班岛、密克罗尼西亚群岛、马沙尔群岛等进行渔业合作项目的谈判。

1994—1995年，在太平洋中部夏威夷附近的马绍尔群岛，我担任金枪鱼合作项目谈判的翻译。

1996—1998年，我随团出访美国、法国、比利时、荷兰等国，在贸易谈判中担任口译。那几年，我参加过巴黎凡尔赛宫的国际贸易会展，去过美国波士顿、比利时布鲁塞尔的国际水产订货洽谈会，还在加拿大纽芬兰渔业洽谈会中任中方翻译。

1998年，我赴缅甸担任捕鱼项目的经理兼翻译。

1999—2000年，我受公司委派在印尼渔业基地任中方经理。

2000年，我又回到缅甸担任项目经理。

2003年，我市赴斐济、澳大利亚、新西兰进行渔业合作谈判，我担任口语翻译。

从1992年到2001年，我一直在担任英语口译，共出访美国4次，法国3次，塞班岛2次，去过澳大利亚、新西兰、新加坡、斐济、荷兰、比利时、卢森堡、印度尼西亚、缅甸等近30个国家，驻外从事合作项目6年。

对于我的成功，妈妈总结得非常好，她说30%是遗传基因，50%是个人决心和坚忍不拔的毅力，20%靠的是机遇和平台。

我很感谢年少时的那一场淬炼，让人生得以破茧化蝶。学习不是逼出来的，唯有坚定目标，坚持不懈。前进路上，只有敢于攀登的人才有希望到达理想的顶峰。

那年，我们笑得很甜

倾诉人：小婕
倾诉时间：2018 年 7 月 9 日

趁月黑风高之夜贴出的"联谊寝室征集令"，滴漏的热水袋，错洗的衣服……小婕的校园回忆看似零碎，但像透过树叶缝隙的阳光，跃动出星星点点的光圈。

一

上高中那会儿，我的成绩在班上算是中不溜秋的，不拔尖，也不垫后。想不到毕业会考时来了个"逆袭"，成绩好得让同学惊掉下巴，还达到了保送要求。

班主任喜出望外，赶紧找我谈话，"你平常发挥不稳定，高考也非十拿九稳，不如趁这次毕业考的机会，直升大学。老师决定把这个保送名额给你"。

我的性格有点"险中求胜"。也不知道从哪儿来的勇气，我推掉了这个在外人看来求之不得的机会，对老师说："我想自己参加高考。"

大家不要惊讶，要是保送我上清华、北大，不要这名额就傻了。保送的学校在浙江省内，太近，没劲。

高考完后，我大哭一场，觉得自己考砸了。分数一估，连本科都无望了，心灰意冷间胡乱填了志愿。结果分数下来一看，我又大哭一场，居然上了重点本科线！

或许命中注定，因为志愿没填好，我还是去了金华，那所当初老师要保送我去的学校。

二

上大学的第一天，我就碰到了舟山老乡学姐欣欣。她是学生会干部，在我们新生眼里属于很厉害的人物。她待我极好，常拉我去看电影、吃东西。不过有些同学挺怕她，因为她还负责检查寝室卫生。

有一回，寝室走廊里响起一阵凌乱的脚步声："欣欣来了！"

我也跟个无头苍蝇似的跑进寝室，还跟大家说："快整快整，欣欣来检查了！"话音刚落，学姐就进了我们的宿舍。"慌什么慌，"欣欣一拍我的肩膀，"我是来找你玩的，走，咱们看电影去！"

三

我们寝室里一共住了 6 个人，都来自浙江省内。

在金华的第一个冬天，我高兴坏了。长到 20 岁，还是第一次看到这么大的雪，纷纷扬扬的，一会儿就积起来了。第二天一早爬起来，窗外就是个银装素裹的世界。寝室里的女孩们拿了个相机，在雪地里摆着各种 POSE，拼命拍。

一到晚上，差点没把我冻昏过去。因为准备不足，我的被窝冰凉冰凉的，半天也捂不热，就赶紧打电话回家，让我妈火速寄个热水袋来。

我妈果然火速，来不及买新的，就从家里拿了个旧热水袋，第二天一早就托跑舟山金华客运线的司机捎来。我终于有暖暖的被窝了。

清晨，睡在我下铺的薇薇忽然惊叫起来："小婕，你尿床啦？"我被她从睡梦中喊醒，只见水啪哒啪哒正往下铺滴。我很不好意思地摸了一下裤子，干的呀。一掀被子，找到罪魁祸首——那个热水袋，漏了。

四

有一回，我来"大姨妈"，肚子痛得厉害，躺在床上起不来，君琼帮我倒完热水后，说："我帮你洗衣服。"说完便拎了几件衣服去洗了。

等我起床一看，咦，脏衣服还在。君琼说："那我洗的是谁的衣服？"我们两个同学跑去一研究，是田敏的衣服！我俩笑弯了腰，这事儿干得太傻了，君琼让我先别说出去。

晚上，田敏回来了，打算去洗衣服的时候发现："脏衣服怎么不见了？"旁边两个刚回寝室也不知情，说："肯定是你忘了吧，是不是晒在外面还没收进来。"

田敏跑到外面一瞧，果然晒着，这下更疑惑了。

"肯定是你自己忘了，谁这么好良心帮你洗啊。"被那两个不明就里的舍友一说，田敏也动摇起来："可能是我洗过忘了吧。"

我实在忍不住笑，把事情原原本本一说，全体笑翻。

五

小静看上去跟普通同学无异。一年暑假，她请我们几个要好的同学上她家玩，这一去，可把我们惊着了。就像电视里演的那样，汽车从铁门开进去，从院门到家门还得开一段路呢。

我们读大学那会儿，她家已经有两辆奔驰，五六层的别墅。每人各据一层，每层都是套房，有独立卫生间和衣帽间。

装修风格跟酒店一模一样，最令人惊讶的是，房间还插卡取电。床头柜也跟酒店的一样，可以控制电视机、床头灯。

后来才知道，虽然那是一个听起来很不起眼的小城，民营经济却非常发达，小静整个家族都是开工厂、做生意的。

小静告诉我们，他爸爸因为经常出差没空管装修，就丢下一句话："就照着酒店的样子给我装。"结果，他们家就是这个样子的了。

从此之后我们对小静另眼相看：想不到她来自这么一个大富之家，还是这么朴素、低调，一点都看不出富二代的样子。学校离她家大约两个小时车程，她完全可以让家人接送，但她买了辆摩托车，周末想回家的时候自己骑车往返，帅呆了。

六

大三的时候班上要搞野炊。我们班女生多、男生少，所以要求自带男伴，可以干些扛锅担柴的体力活。这可把我们寝室给愁死了。不知道谁提议，找个联谊寝室吧！好，大家一拍即合。

我们连夜打印了 10 来份启事，趁着月黑风高，偷偷贴出去。第二天，我们沮丧地发现，启事都不见了！一开始以为是宿管发现撕走了，后来才知道，原来男生们怕被别人看到捷足先登，私藏起来了。

打开电子邮箱收信时，我们惊喜地发现，原来联谊寝室这么受欢迎！许多男生寝室都来自告奋勇应征。因为不知道怎么选，我们开始逐一面试。最后锁定了一个体育系男生寝室，好几个 1.8 米的大高个，壮实啊。他们成功地通过了面试，并愉快地跟我们一起去野炊。

那次活动别提了。其他寝室的女生们还在烟熏火燎地烧菜时，我们已经美滋滋地在吃香喝辣了——这帮体育系男生，起灶生火跟玩似的，还能烧得一手好菜，压根儿不需要我们女生动手。

后来我们又一起去搞了几次活动，田敏跟一个男生好上了，毕业后两人一起去了宁波，现在有车有房有娃，小日子过得挺滋润的。

这是我们趁月黑风高贴出小纸条时，绝对想不到的结局。

老男孩，请继续在平凡的世界里坚毅

倾诉人：小刀来如（网名）
倾诉时间：2016 年 4 月 20 日

"你叫我小刀来如吧。"他说，记得不要把"来如"写成"如来"。

我决定叫他小刀，这样就不会犯他所担心的错误。

小刀不小，今年 35 岁。我以为这个年纪的老男孩，大抵说的是感情或事业上的困惑，但小刀不一样。那天他来加了我的 QQ，然后说我想跟你聊聊。虽然语气平静，但能感受到他的心潮暗涌。

后来我才知道，促使他讲这个故事的动因，是上星期天好兄弟阿义（化名）父亲的离世。

家世

阿义是小刀的小学同学，家境不怎么好。

全家四口人，父亲残疾，母亲和外婆重病，阿义没有正式工作，至今未婚。

1

前年，阿义的外婆去世。

那天，外婆躺在床上，对阿义说："我想吃冰激凌，就是上次你买的那种，蛮好吃的。"

孝顺的阿义，曾买来哈根达斯给外婆吃，外婆一边骂阿义乱花钱，一边说好吃。

听了外婆的话，阿义立刻下楼，打车去县里的超市。

他们家原来在县里是有房子的，一幢祖传的、不到40平方米的老房子。但为了给外婆治病，他们卖掉了县中心的房子，一家人住进了政府的廉租房，地处乡下，没有卖哈根达斯的超市。买好哈根达斯，阿义又马上打车回家送到外婆床头。

外婆满足地吃着冰激凌，但没吃几口，就去了。

阿义的妈妈捡起掉在地上的冰激凌（盒装的），什么都没说，边流泪，边吃外婆吃剩下的冰激凌。

2

去年，阿义的母亲也去世了。

那是一个没有阳光的午后，久病未愈的母亲，一直躺在床上呻吟，她轻声对阿义说，有点头痛，想睡会儿。阿义就离开了母亲的房间。

没过一会儿，父亲走进阿义房间，对他说："儿子，你母亲没了。"

3

就在差不多时间，阿义的父亲被诊断出尿毒症，还是晚期。

上星期周末，和往常一样，阿义夜班回家，给父亲带了夜宵，两人在各自的房间里睡了。

第二天早上醒来，阿义看父亲房里没动静，便进房查看，发现夜宵还在，父亲却已永远地睡着了。

对阿义来讲，那些亲人面对病痛折磨、生不如死却又必须坚挺的日夜，就这么突然地、毫无预兆地结束了。曾经拥挤的房子空了。或许空的不只是房子，还有整个世界。

就这样，这个家，只剩阿义一个人了。

留下的，只有关于亲人的回忆，还有多年来为家人治病欠下的债务。

求学

看阿义在"说说"里写着"难过，一个人的生活……最后一个亲人也走了"，小刀心里感觉闷闷的。

小刀、阿义、阿晨（化名）小学时常在一块玩耍，三个人便在那时结下友谊，并成了好朋友。

小学毕业后，小刀和阿义、阿晨各自上了不同的初中。虽然不在一所学校，但因为岛上地方小，他们仍时常联系。

阿义对学习的兴趣度不高，逐渐荒废了学业，初中没毕业便退学了。

求职

在别的同学继续求学的年纪，阿义因为家庭经济和自身成绩原因，放弃了求学，过早进入社会；几年后，小刀和阿晨也未能圆大学梦，陆续开始打工。

1

老家，岛小，年轻人都想往外跑。阿义、阿晨和小刀先后来到了定海。

最早因为阿晨父亲的帮助，阿义到白峰码头打工，收入还算不错。

可惜在白峰码头工作没几年，因为单位裁员，阿义失业回了老家。

小刀曾为阿义找过工作，不过入职的最低门槛必须是初中毕业，没有文凭的阿义找分稳定的工作相当难，只能四处打工，各行各业都有涉及，甚至还当过几个月和尚。

大概 2008 年前后，阿义在当地一家四星级酒店当了保安，年收入 2 万元出头。

2

阿晨是 3 个人中家境最好的，阿义父母看病、家里缺钱，都是阿晨几万元、几万元地借给阿义的。现在还有不少钱欠着，阿晨也没有催阿义还。

阿义也是一有钱就还，不过现在他是真没钱。

3

阿义母亲去世时，小刀和阿晨都向单位请假回老家陪阿义，无意间聊起，才知道阿义没有办社保。两人去县总工会反映后，酒店才给阿义办社保。

阿义对酒店领导非常感激，从此更加尽心尽责。

有时同事迟到，有时同事不来，阿义不等到同事交班就不走。有一回，有个同事让他顶班，他就一直帮人家代班，没想到那人几天后辞职了，他也没有跟领导去要额外的报酬。

小刀和阿晨都觉得年纪轻轻当保安简直是荒废青春，劝阿义换个职业。

阿义母亲去世、父亲被查出患尿毒症那会儿，小刀找过《舟山日报》的记者，希望能帮助阿义。报道登出后，有人给阿义提供了份工作，地点在新城。但因为要照顾父亲的缘故，阿义不想离开老家，依然干着保安的工作。直到上个月，阿义被酒店开除了。

离职后的阿义没了收入，在小刀的介绍下在一家广告公司当学徒，学平面设计、刻字刻章。

未来

小刀和阿晨都劝阿义来定海找工作，"老家总体收入比较低，到定海会有更多机会。"

1

在小刀眼里，阿义本分、善良，不怕吃苦，力气很大，一个人可以把液化气瓶背到七楼。

读书时他的英语也不错，如果当年学下去，进修一下商贸英语，进个外贸公司应该没问题，可惜荒废了好多年，这个年纪重拾起来也比较困难。

小刀和阿晨商量过，虽然阿义对手机比较精通，但自己当老板开手机店的成本太高，当导购又挣不了多少钱。倒是送快递、当厨师收入不错，而且入门简单。要是阿义现在来定海找工作，这两个职业还可以选择，不过厨师要从头学，送快递也要学开车。

2

因为工作忙，这次小刀和阿晨都没能去参加阿义父亲的葬礼，"感觉有点愧疚"。

"上 QQ 的时候，有时会看一眼阿义的说说，一年虽然没几个，但很真实。"小刀说，"它让我看到的，不仅是一个家庭的苦难与辛酸，还有一个男孩的努力，面对逆境从不放弃的坚毅。"

3

35 岁的阿义，年少的时候曾经喜欢过一个女孩，大着胆子表白过，但被拒绝了。

这个老男孩，虽然独自一人，虽然孤单，但是没有了家庭苦难的包袱，或许可以有一个新的开始。"父母留给阿义的家庭不在了，但希望在不久的将来，阿义会通过自己的努力，组建自己的家庭。"小刀说。

夏骐的出走

倾诉人：夏骐（化名）
倾诉时间：2009 年 7 月 31 日

夏骐的出走原本是为了逃离，但在探寻前路的过程中，他开始看到不同的东西，体验不同的人生。

一

2003 年 4 月 3 日 10 点 10 分，这个时间永远铭刻在夏骐的记忆里。随着汽车启动，他的过去与现在毫不相干地割裂开来。

2003 年 4 月 3 日，夏骐注定要铭记一辈子的一天。那天上午，他提着行李走进杭州汽车北站，买了张 10 分钟后去湖州某地的车票。

这个漂在杭州的舟山男孩，受够了日复一日毫无变化的生活，决定要在平凡无奇的人生中，寻找成就感和自由。

车到终点，夏骐下车环顾四周，有点慌：这地方比定海的双桥、马目荒僻多了，不是他想要的容身之地。赶紧找个人问："师傅，火车站在哪里？"回答是："这里没火车站，要坐车得去长兴。"

夏骐顾不上吃午饭，又马上赶往湖州长兴。

午后的长兴火车站，或坐或躺的嘈杂人群。夏骐不知道自己能去哪里，他只知道自己不想去哪里：

第一，太繁华的地方不去，北上广深就这么被淘汰了；

第二，北方不去，在南方待惯了，怕适应不了；

第三，太落后的地方不去，没发展空间；

第四，太远的地方不去，新疆、西藏坐车都得好几天，车费比其他地方贵多了。

坐在我面前的2009年的夏骐，没提当年是否怀抱另一番志气，不过从这几大"不走"中，可以窥见这次离开非两三星期的小孩负气，时日至少以年计。

二

这是夏骐第一次坐火车。上车前，他给自己买了一包2块5的烟——原想买利群的，可摸摸口袋，还是忍住了，"能省一分是一分。"

夏骐最初想去长沙，不过要等21点才发车，他没耐心再等6小时；第二个选择是武汉，可要23点发车，更等不了；最后，他选择了17点30分的一趟车，开往郑州。

四月的长兴春意盎然，火车里却闷热异常，座位上、过道上全塞满了人。"我以为春运时才人挤人，想不到这个季节车上还有那么多民工！"夏骐买的是95元一张的站票，站累了想蹲会儿，可蹲不下去——脚底下都是人。

卖盒饭的从身边一次又一次经过，夏骐忍着饿没张口。

口袋里不是没钱。离开杭州前，他从卡里取了2400元，那是父亲给他学车用的，觉得找工作时能派上用场。父亲为此还叮叨了好几天："阿爹替你把本都放足了啊！"

因为不确定身上仅有的 2000 多块能支撑多久，夏骐愣是一口饭没吃、一口水没喝。

次日上午，火车停靠中途站时，夏骐瞥见一人手里捏着车票，上面写着西安，便顺口问西安发展得怎样，那人说可以啊，夏骐心中一动：古都，西部大开发……他改了主意。

下午 2 点，在夏骐快虚脱时，西安站到了。

三

买了张西安市地图，找了个 15 元一夜的大通铺，又吃了碗热乎乎的西红柿加鸡蛋汤面，夏骐就此拉开西安生活的序幕。

初到西安的第一夜，夏骐睡得并不舒坦。两天没吃没喝，忽然热汤下肚，"胃像翻江倒海似的难受。"但为了早点安顿下来，夏骐次日早早出门，到城乡接合部找出租房去了。依他的经验，这种地段房租便宜，交通也方便。

西安的早晨，天灰蒙蒙的，初来乍到的夏骐辨不清东西南北，凭直觉向冷僻地段走去。可是越走越不对劲：太阳升起时，他发现自己已身处热闹的街市中。

租房没眉目，工作倒意外有了着落。中午经过火车站附近的一家职介所时，忽然有人冲出来叫住他："小伙子，想做保安吗？800 块钱一月，管吃管住！"

夏骐不假思索答应了。其实还是心存疑虑的，怕遇到骗子——干保安，不是今天应聘明天就能上岗的，得先进行半个月的培训，押金要上交 1000 多，再刨去交给职介所的 300 多块，身上已所剩无多。

所幸，夏骐遇上的不是骗子公司。半个月后，他被分配到一所美容培训学校当保安，月工资 450 元，夏骐在那里干了五个月。

这期间夏骐谈了回恋爱，全情投入的结果是懈怠了工作，他被炒了鱿鱼。

四

进麻辣烫店工作第一天，夏骐大吃了一顿——他很久没吃那么饱了。

没有马上找到工作的夏骐，天天到村口打台球。冬天快来了，当口袋里仅剩下 20 块钱时，他拿着身上最值钱的皮大衣到抵押行，可老板不愿收，夏骐真慌了。

他开始一天买两毛钱馒头，吃一天的馒头，喝一天的白开水。

村口打台球的人中，有一个是开麻辣烫店的老板。夏骐问他："你地方要人不？"老板说："想干你就来嘛。"

温饱无忧了，但这份工作的辛苦程度也是前所未有的：西安的冬天很冷，凝固的油特别难洗，而夏骐的工作偏是洗锅洗碗，一洗就是一大池子，手常被冰水浸得起疱。一双鞋破了，干活时水就从鞋底渗进去，晚上脱掉鞋，脚已起皱发白。

如果要把那晚夏骐关于麻辣烫店的描述全部写下来，我估计一万字都打不住。有时说着说着，他会意识到在枝蔓的描述上太过细致，便大手一挥："这段掐掉，不播！"

不过那段混合着气味的记忆是永远掐不掉了：集市上散发着各种气味的香料，炒料时牛油发出的焦臭的味道……

转眼到了 5 月，麻辣烫的生意不像冬天时火了，老板索性关了店，转摆台球桌，让夏骐义务帮忙看摊子。因为老板娘拖欠着工钱，夏骐还不能离开，反正闲着也是闲着，乐得打几局免费台球。

忽然有一天，夏骐觉得这种讨薪方式太没意义，今天讨 30 明天讨 50，讨来的钱马上花得一分不剩。在老板娘还欠他 300 多块钱的时候，夏骐再也讨不动了，他离开了那个地方。

五

过夜菜没了水分软乎乎的不太好切，而清晨的新鲜菜叶脆生生的不费什么力气，夏骐有时偷懒拣当天的新鲜菜来切。胖乎乎的老板娘跑到二楼查看，要是有隔夜菜没用完，立马大动肝火。

2005 年夏天，夏骐在十里铺的一家小饭馆找了份打杂的活：洗碗、扫地、擦桌，洗菜、切菜、炒料，再加送外卖，什么都干。

几天干下来，夏骐的耳朵没一天不遭罪的：伙计打碎碗了，骂！洗洁精用多了，骂！桌子没擦干净，骂！……"老板娘什么难听话都骂得出来。"

每月 200 多块的工钱依然不能按时拿，照店里的规矩，工钱一年一结，伙计可以向老板娘"借"，但数额不能超过工钱。夏骐每个月向老板娘"借"40 块，用来买烟抽。

工作的压力、生活的艰苦更是前所未有的。和伙计们群租的小屋没卫生间，半夜方便要跑外面公厕，洗澡用的是院里的水龙头。夏骐感觉自己从未这么邋遢过，三个月才洗一回头。头发长得受不了，大厨就给出了个主意：去推个光头。结果剃了一半，光头没理成，推子反给推坏了。

六

在网吧的那一夜，夏骐翻来覆去只听一首叫《回家》的歌。"我走在清晨六点无人的街，带着一身疲倦……"夏骐在我面前哼唱起这首歌时，熟稔而感伤。

　　快过年了，老板娘逐一问伙计明年还干不，不想干的，可以结工钱走人。夏骐选择了走。临走前，老板娘做了一件挺温情的事儿，就是春节前一周给伙计们放假了。

　　怀揣一年的工钱，夏骐直奔网吧。那是他几个月来第一次上网。他在 QQ 上遇到在天津念书的表哥，问了家里的近况，当即决定回舟山。

　　车到白峰，夏骐在码头上给父亲买了条好烟。

　　出租车七拐八弯，绕进了那条熟悉的小巷，推开久违的家门，父亲那张比过去苍老的脸，满是喜出望外，满是兴高采烈。

　　晚上 11 点，夏骐的咖啡和通心粉都凉了，这个关于出走的故事也说完了。

　　现在的夏骐已有了份稳定的工作，他刚买了一台笔记本，犒劳自己在一次考试中的上佳表现。"这样的生活是在西安时不敢想的。"

　　不与父亲同住的夏骐，隔段时间会带女朋友去看望父亲。父亲老了，脾气也比过去和善，虽然嘴里还不饶人："臭小子，阿爹还没死，隔这么久才来……"眼睛里却充满笑意。

CHAPTER 3

好好爱，好好告别

彼岸花开，记忆不败

倾诉人：盛盛（化名）
倾诉时间：2007 年 10 月 15 日

爱一个人是加法，忘记一个人是减法。终有一天，我们会怀念这所有的时光。

一

那个秋夜有点起风，秋叶翻飞飘落一地。

坐在我对面的盛盛，年轻，带着书卷气，仿似邻家男孩。他喝了口茶说，我给你讲个故事吧。显然，他为这句话鼓足了勇气。

有一个女孩，很聪明也很漂亮，在这个城市念书到高中毕业，然后去离家很远的城市读书。

从宁波到那个城市，要坐上三天两夜的火车，"坐得我屁股都快烂了"。女孩边说边笑，笑得花枝乱颤。她喜欢我们用"花枝乱颤"来形容她，她觉得这个词很美。

女孩坐火车的时候喜欢临窗的位置，静静看窗外的风景，一路过去，有山，有水，有云，有溪流……如果没靠窗，她会叫

"阿姨、叔叔、大哥、六姐，跟我换个座好吗"。这么一个好看、单纯、善良女孩的请求，谁又会忍心拒绝？所以，她的小心愿屡屡得到满足。

女孩长得漂亮，也喜欢别人夸她漂亮，虽然会脸红，但心底是快乐的。她善于打扮自己。有时很洋气，头发打卷卷，有时很温婉，像江南女子。每件衣服都很合身，颜色各异，最多的是白色、紫色、红色。踩着"蹬蹬"作响的高跟鞋，尤喜宁波天一广场买的那双，金色的，衣服配起来，气质配起来，衬上素洁的笑容，温暖便盛满了整个夏日。看到她，如同闻到楠木特有的淡淡的香味。

女孩爱唱歌，喜欢王菲，也喜欢 SHE。她喜欢边看风景边唱"你快乐所以我快乐"……

毕业后，功课优秀的女孩回到这个小城。我们问她为什么？她说离不开家人，在外久了，身体不累，但心很累。我们问心累是什么感觉？她摇头，笑而不答。

二

依然记得，第一次看到她的刹那，我眼前一亮。下颌微微抬起，有点冷艳。我忽然想起高中时那个隔壁班的女生，课间、放学，常经过我们教室门口，同样的下颌微抬，同样的冷艳姿态。我向她要联系方式，她指着身边的朋友说，他有我的博客。

于是我去了她的博客。粉红色，很典雅。点开她的博客，就像进入她的世界，里面记录着她的心情及生活点滴。背景音乐是一首《冷艳》，"黑色的眼睛深藏在暗处，用舞步寻找幸福，将悲伤挂上天幕……"声音细腻，远远地，空灵的感觉，尾音中透露出情绪。

她借给我李碧华的书，说书里写的跟她的心思很接近。我想如果要懂她，得去读李碧华。于是我也买了一堆李碧华的《胭脂扣》《生死桥》，从美丽而残酷的文字中读出了妩媚、苍凉、爱情。我说，我借书给你？她说不用，李碧华的书她全有。

我们熟了。聊到我们曾经念过的学校、所在的班级，我惊讶地发现，她原来就是那个隔壁班的女生。

<h1 style="text-align:center">三</h1>

女孩文静内向，喜欢待在房间里，做自己喜欢做的事。譬如她相信星座，喜欢探究自己的命运。一个出生于 6 月的女孩，你可以从她所属的巨蟹座猜测她的个性，顶着矜持而冷漠的蟹壳，隐藏其后的是柔软而丰富的内心。

我们一帮朋友常常一起喝茶聊天，这里就是她最爱的茶馆。后来熟了，她请我们去她的房间，一个布置得很温暖的空间，里面有很大的电脑显示器，液晶的。我们好奇，女孩子哪用得着这么大的显示器？她说，她喜欢看电影，疼爱她的爸妈就把它搬回了家。她喜欢靠在床沿上，看很多很多的电影，喜怒哀乐都在里面。

她一个人跑去电影院看《茉莉花开》，一部文艺片，整场 20 来个观众。她说很感动，尤其是女主生孩子的片断，大雨滂沱，马路上空无一人，女人拿出剪刀为自己接生……她说，女人也许就是她的未来。于是我也去看了那部电影，伴着"好一朵美丽的茉莉花"的歌声，女主在银幕上微笑，观众起身离场，整个影院似乎散发着茉莉的清香。我跟她说，片子拍得很美，像你，淡定，芬芳，她红着脸把话题岔开。

这么一个文静的女孩却特别喜欢吃辣。我们最常去的是西大街路口的那家。她是我们一帮朋友中最能吃辣的，尽管在沸腾鱼的一锅红艳中常常被辣出眼泪。

她曾问我们一个问题："一头猪，怎么跨过 10 米高的单杠？"我想了想摇摇头说，不知道。她大笑，笑得花枝乱颤，"对啊，那头猪也不知道"。于是，我们一起开心地笑。又有人问，一头猪，怎么跨过一条 10 米宽的河？大家一起说，那头猪也不知道，哈哈哈……

盛盛推了推水果盘："你吃点水果好吗？"仿佛不吃水果就没有勇气讲下去，这动作反复了好几次。让我感觉他对某些往事有些回避。

四

今年我到外地工作了一段时间，傍晚吃过晚饭，躺在沙滩、礁石上看看天空，偶尔有海鸥飞过。我会给她打电话，聊单位里的事情。

6 月的一个傍晚，跟她最要好的一个女孩给我打电话，声音像被水呛到一样："她走了。"我奇怪："走？去哪里了？"离开家就觉得无助的她会走到哪里去？女孩说："她死了。"

我明明记得天空很蓝，听到那句话的瞬间，乌云黑压压地压下来，胸口很闷很闷，天色很暗很暗。我不知道这究竟是怎么一回事，也许我疯掉了，也许这个世界疯掉了……

太平间。她静静地躺着，人和平时一模一样，神色平静，隐约微笑。她母亲哭得头发也乱了，无数次想把女儿拉出来，但被人劝住了。她父亲稍稍镇定，跟我说了些什么，但我什么都没听进去——那时的人也是木的。

追悼会开得很伤心。我一直不相信一个年轻鲜活的生命就这么走了。我想，或许她只是在网上订购了一个橡胶人，让橡胶人穿上她的衣服，替她躺在里面，而她自己去了一个遥远的地方，随时都会回来，然后跟我们说，这只是一个玩笑，于是又笑得花枝乱颤。她会跟我们说起她去的那个地方，沿途的风景，山川、河流、小溪、云朵……一定的，她跟我们开了一个玩笑，一个很大的玩笑。

五

那是一个多好的女孩，眼睛清澈得像一潭水，纯洁得像天使。

她喜欢用触摸感受这世界。舟山的秋天有很多树叶飘落，她喜欢走在林荫下，看阳光透过树叶的缝隙；夏天，她喜欢赤脚从这个房间走到那个房间；去博物馆看文物，即便不能触摸到展品，她也喜欢用手摸摸玻璃，仿佛穿越了千年的时光。

这么一个聪明出色优秀的女孩是没有理由离开这个世界的。

我撒个小谎，她一眼看穿却不会点破，而是用温暖的眼神给我台阶下。

她迷糊起来却很迷糊，路痴得不知道自己身在何处，即便这个地方离她家只有五六百米，也只能让出租车司机带她回去。

我有时会路过她家，附近有幼儿园，高高低低城堡似的建筑，我戏称她"住在火箭人基地对面的人"。她喜欢打羽毛球但打得不好，把球抬得很高，"砰"的一声碰到屋顶，掉下来，不过网。

一天晚上，她给我打电话，说睡不着觉怎么办？我跟她说，你想象自己坐在河边，水流清澈见底，柔软的水草与圆溜溜的卵石，河水哗哗地漫过你的脚背……第二天她跟我说，她睡着了，睡得很香。

再也没有人在失眠之夜给我打电话，再也没人跟我们说笑话……天使不是给这个世界带来喜悦的吗？我们都曾从她身上感受到喜悦，那种很宁静很真实的喜悦。

六

我回到定海工作。

秋天了。坐在公务车上的时候，我习惯坐在车的右边，看这个城市的风景，路边走过的人，一排排的行道树，还有落叶，心绪会飘到很远很远的地方。

每次路过她家，心里总会震一下。对面幼儿园，孩子的笑声充满生机。我想，生与死的距离原来如此接近，就像一条短短的马路那么窄。看那些小朋友仰着小脸的可爱模样，生命温暖的感觉又在了。

她最要好的女友说，她曾说过喜欢你的。我把嘴张成了"O"形。一个从内到外散发魅力的女孩，男孩怎么能不爱呢？但我一直没有表白，觉得大家都还年轻。惊讶过后我想，她所说的这种喜欢也许是普通朋友之间的那种喜欢，但我已无从追寻答案。

太阳依旧东升西落。我以后会结婚，会生小孩，几年后我也许会来幼儿园接我的孩子，那时我会是什么心情？也许看开了、释然了，抱着更积极的心态去生活。而这个美丽的女孩，我会把她存放在心底。

现在，一帮很要好的朋友依然会聚会，只是像有默契似的，再也不提她。

每次乘车经过青岭，我会遥望，那里埋葬着一个有梦想的女孩，喜欢文字喜欢音乐喜欢电影，她的博客是那么典雅，如果她坚持写下来，一定会是一本很漂亮的书。

我想告诉年轻的朋友，如果爱情来临，而你敏感地捕捉到了，一定要好好把握、珍惜。当它逝去的时候，才不会追悔莫及。而我在回忆里懂得了什么叫生命、爱，以及珍惜。

下辈子，我还做你的灰姑娘

倾诉人：白羽（化名）
倾诉时间：2015 年 5 月 21 日

即便是最亲近的人，也不知道白羽留在舟山的真正原因。

这个城市，有一位令她魂牵梦绕，怎么也忘不掉的人。

"早在初见他为我撑伞的那一刻，我就决心要做他的灰姑娘。"

"他若天堂有知，应该会感到欣慰吧。"

"你让我好好活着，我做到了。"

一

那年的夏末秋初，我来舟山读大学。

把学校里的事安顿完，爸爸在离开前，带我去吃了一顿饭，说是放心不下，拜托舟山的朋友照顾我。那个伯伯，是他多年的老乡加战友，感情非同一般。

在那个饭局上，我认识了他，那个伯伯的儿子。

吃完饭走出酒店，只见大厅檐下候了不少人，原来下雨了，我们谁也没有带伞。"我这里有。"只见伯伯的儿子从包里取出一把折叠伞，递给我们。

这么大雨，这么多人，只有这一把伞，我和爸爸自然不肯收。

最后是他到马路上拦下出租车，又撑伞把我们送到车上。

心动，有时就是一瞬间的事。就在他为我撑伞的那一刻，我的心门为他悄悄打开。

那一年，我 19 岁。

二

原以为"托付、照顾"只是一个客套词，没想到伯伯一家对我的照顾无微不至。

伯母做得一手好菜，周末伯伯会打来电话让我到家里吃饭，那一桌地道的家乡风味让我一解思乡之情。饭后，伯伯的儿子又吭哧吭哧骑自行车把我送回学校。

我向他表示感谢，他说，只是为了完成远方我父亲的嘱托。而我，却在他眼里看到了温柔。

兄长般的关爱，朋友般的帮助，亲人般的呵护，让我如沐春风。

当他说出那句让我期待已久的话时，我多么激动。

不是"我爱你"，那时的我们还不敢轻易把"爱"这个字说出口。

他说的是，"做我女朋友吧。"这一句话，足以让我的心咚咚乱跳。

三

我的脸涨得通红，有点害羞，有点紧张，更多的是兴奋、开心。其实不需要他再说什么，也不需要更多表白，早在初见他为我撑伞的那一刻,我就决心要做他的灰姑娘。

他经常带我去街头的茶座坐坐,那份温馨浪漫,仿佛就在昨天。

更多的时候,我们什么地方都不去。在伯母开始整理碗筷的时候,他把我带进他的房间,然后静静地伴我看书,或者在屋里放一张 CD,让音乐慢慢流淌。

他的房间朝向比较奇怪,既不朝南,也不朝北,光线暗暗的,大白天也得开灯,但是那一屋的橘黄,让我现在都难以忘怀。

偶尔,他会轻抚我的长发,说这头发真的好美。我开玩笑说,长发打理起来很麻烦,什么时候去剪掉它。他佯装恼怒:"剪了就不要你了。"就为了他这句话,我至今还留着一头长发。青丝如情丝,长发飘飘为君留。

四

那时候的阳光,总是那么灿烂。沉浸在幸福中的我,没有在意他的变化。或许不是我没有注意,而是他刻意掩盖了。

有一段时间,我发现他脸色不好,神情总是很倦怠的样子,便问他怎么啦,最近是不是太忙没休息好?他说没事,只是工作疲劳了而已。我问:"要不要我陪你去医院检查检查?"他说:"不用,放心啦,我会注意身体的。"

而我,轻易相信了他的话。

五

渐渐地,他很少来找我了。我单纯把他的冷淡,当作年轻男孩追到自己心仪女孩后,热情退却的表现。出于姑娘的自尊心,我在心里赌了气,没有主动去找他。奇怪的是,那段时间,伯伯、伯母也很少叫我去他们家吃饭了。

就这么不冷不淡地挨到寒假，我考试结束就回家了，过了一个心情低落的年，然后拎着从老家带来的特产，到伯伯、伯母家，给他们拜个晚年。

他也在，但无论是在餐桌旁还是回到自己房间，都显得心事重重。跟他说话，他也经常走神，跟以前判若两人。吃完饭没坐多久，我就说要走了。

他没有挽留，说今天我就不送你了，你自己回去，小心点。出门的时候，他递给我一本书，说是上次我落在他房间里没带走的。

六

回到寝室，我顺手翻开书，其中一页夹了张纸条，留有短短的一行字："没有我的日子里，你要保重自己。"我是个自尊心很强的姑娘，他既然表现出这么明显的分手的意思，我何必再去苦苦纠缠？

可是，一段感情哪有说断就断的？上课时、吃饭时、走路时、睡觉时，无时无刻不在想着，他为什么要跟我分手？终于有一天没忍住，我往他家打了电话，是他接的，语气还是淡淡的，说："下次不要再给我打电话了。"

我问他，书里的小纸条是什么意思？

他说，因为我马上要结婚了。我错愕地愣在那里。

七

一下子，我觉得全明白了。为什么他会说，等不及我成为他新娘的那一天。原来他早就在暗示我，那一刻，我仿佛坠入万丈深渊。

　　我病了。茶不思，饭不想，躺在床上东想想，西想想。忽然间，我想到了死。或许，只有死才能解脱这种痛苦。最终，我没有去死，因为我不甘心，我想去见见他和他的新娘，远远地看上一眼也好。

　　恍恍惚惚地，我来到他家门口。来之前，我曾想象这里的场景，新婚之日，非常热闹。墙上都贴着福字，亲友们都来祝贺，楼道里还有孩子奔来跑去讨喜糖吃。

　　然而，他家的楼道冷冷清清，敲开那道熟悉的门，打开房门的一刹那，我呆若木鸡。

　　他躺在床上，苍白的脸上没有往日的一丝神采。这真的是他吗？

八

　　伯父神色黯淡，伯母见了我就开始垂泪，说本来早就想告诉我，但儿子不让。

　　这么多天来所有的怨恨，在这一刻化成了汹涌不绝的泪水。我不停地问他，为什么？为什么？为什么？为什么不告诉我你患病的消息，而且还是可怕的癌症？为什么要一个人默默忍受这种痛苦？为什么不告诉我真相？为什么不让我陪着你，你明明知道我可以为你做任何事情，你真傻。

　　接下来的日子，我一有空就陪在他左右。陪他去医院，陪他散步，陪他说话，陪他做各种治疗。然而，他还是如风中之烛，一天天地萎靡下去了。

　　面对日渐不成形的他，我只能偷偷地以泪洗面。

九

　　医生说，他的癌细胞已经扩散全身。这相当于给他判了死刑。虽然对自己的病情心知肚明，但他还是微笑着，用坚忍的意志迎接死神的挑战。

我太绝望了，但又帮不上什么。那种时刻，只要有一丝希望，再神奇的传说我都愿意相信，愿意去做。据说折纸鹤和幸运星可以祈福的传说，让我充满希望。我相信我的诚心一定会感动上苍，上苍会还给我一个健康的他。

我开始折纸鹤、叠幸运星，他的整个房间，都是五彩的纸鹤在摇曳。

然而，他等不及我折完 9999 只纸鹤和 9999 颗幸运星，就丢下白发双亲和挚爱他的我，走了。而我，却不能化蝶与他共舞。

临走的时候，他要我答应他，一定要好好生活。我痛彻心扉，还是泪流满面地答应了他。

十

一晃，他走了有 10 多年。这期间，我离开过舟山，想忘记这个让我伤心欲绝、痛失恋人的地方。但当我辗转一圈后发现，唯有这地方让我魂牵梦绕，怎么也忘不掉。

于是，我又回来了。

那天晚饭后翻开报纸，看到那篇《一位母亲写给天国女儿的信》，曾经的记忆忽然喷涌而出，我想起了伯父、伯母，想起了那段阳光忽然被阴霾遮蔽的日子。

现在的我，在舟山已经有了自己的小家庭。然而即便是最亲近的人，也不知道我留在这个城市的真正原因。

我想，他若天堂有知，应该会感到欣慰吧。你让我好好活着，我做到了。

春来了，花开了，可你还是爽约了

倾诉人：秋榕（化名）
倾诉时间：2013 年 4 月 2 日

秋榕低头理了理衣服，"来之前我还在想，要不要回家换套衣服，好让你写我的时候，写得美一点。后来事情也忙，就这么着吧！"

我一乐，觉得她坦诚得可爱。

这几天，秋榕一直留意晚报上的讣告，猜想哪个是他。"不知道姓名，却带来很多快乐的朋友。"

一

去年 11 月，我认识了一位网友，他的年龄比我大点，也是舟山人，说话非常风趣。

跟他聊天，有种棋逢对手的感觉，常常会说出连自己都惊讶的俏皮话来。

他对我说："我这人爱开玩笑，如果有得罪的地方请多包涵，但绝对没有恶意伤人。"

在又一次开怀大笑后，他说，你思路敏捷，个性开朗，应该有很多可以讲知心话的朋友，真羡慕你啊。老哥跟你讲一句话，人生很精彩，也很无奈，你一定要保重身体。

我不以为意地说，死掉就死掉呗。

他忽然严肃起来："你知道我是什么人？"

我说，不知道，你告诉我。

他沉默半晌说道，我是个癌症患者，已经患病10多年了。

震惊，接着是肃然起敬。真没想到每天和我逗乐的老大哥竟然身患绝症，更没想到，面对逼近的死神，他还能这样泰然自若。

我曾问过他，你的心态为啥这么好？他说，人的一生其实只有三天，一天是出生，一天是结婚，一天是死亡。高兴是一天，不高兴也是一天。想透了这些，何不开开心心地过？

QQ上，他发得最多的表情就是哈哈大笑。然后说，我以后要是死了，肯定是笑死的。

有一回他对我说，其实他不能笑，肚子要胀的，因为动过手术，伤口还没完全恢复。我说："那我们以后再也不说笑话了。"他说："没事，我会捂着肚子笑。"

二

有一回，我说要请他吃饭。他说，其实我很无奈——因为身体的原因，不能像正常人一样吃晚餐。所以，即便去亲友家，也不会留下吃饭。

他回忆自己曾经的岁月，经常呼朋唤友一起聚餐，最后一次是在丰泽轩，"不过现在不可能了。"他说，"不说了，我心里很难受。"

我听了很是同情："好了，不说就不说了。"从此，我们不再说吃饭的事情。

我说："咱们认识也有段日子了，可以算朋友了吧，什么时候来看看你。"他说："你是我敬重的朋友，我不想让你看到我颓废的一面。"

我说："春暖花开的时候，我请你去喝茶吧！"

他没有拒绝，说行，但必须由他来买单。

除夕晚上，窗外烟花绚烂，他在 QQ 上给我留言："家里的感觉真好。祝大小姐幸福，千言万语化作一句：新年快乐。"

三

2 月 17 日，一大早他就在我 QQ 上留言："大小姐，给你请安了！祝你身体健康。我现在来办公室整理点东西，要离开一个星期，你要保重。"

等我 8 点上线的时候，他已经走了。后来我才知道，他是去上海看病。

一星期后，我下班时看到他的 QQ 头像跃动："大小姐，很开心见到你。昨天下午刚从上海回来。"

我问，"你还好吗，没事吧！"

他说没事，放心。从那时候开始，他只是很偶尔地出现一下。

几天后，他对我说，看来我这辈子都不能上班了。我心里一揪，问他，是不是身体不好了？他不答，头像已经暗了。

3 月 4 日，他又上线了："大小姐，下午好！"我挺开心："亲爱的朋友，你来了，最近身体好吗？"他说："有你的鼓励一定会好的。"

我预感情况不是太妙，想跟他做个约定："以后不管发生什么事情都要告诉我，好吗？"

他说："放心，我遇到开心的事情一定会上来跟你分享，只要身体允许，会上线呼叫你：'长江长江，我是黄河黄河！听到请回答！'哈哈！"我再一次被他逗乐。

四

接下来的日子，他好像不再上班了。

上门看望他的人很多，一拨拨地来，我们的聊天常常被打断。他说，不好意思，又有朋友来看我了，或者提起："刚送走一批客人。"

而我，从他的这些话中不免做不好的揣测：是不是因为他病情恶化，大家都知道他来日无多，所以才会这么频繁地来探望？

猜想在几天后得到证实。3 月 10 日深夜，他在 QQ 上留言："大小姐，你一定在梦游中。家里来了些客人，聊了很多过去的事，挺高兴的。这或许是我给你的最后留言了，这两天我反应很大，因为在做化疗。"

他又继续写道："对不起，本来想跟你多聊两句，但我坐不住了。我还记得我们的约定，春暖花开时跟你一起喝茶，我会等到那一天的。"这段话，我看得泪如雨下。

五

3 月 18 日，他又来了："大小姐，夜深了。人生就像一次旅行，不管走多远，都要走到终点。很幸运，带着开心的心情，看了许多美好的风景。从此，你忘了那个叫某某的老头吧。"

他是 22 点 50 分左右留言的，我 22 点 54 分上线，前后就差了几分钟。我赶紧挽留他："你说什么呢，别走，我来跟你说话了。"

但他的头像迅速黑了。

我很难过，因为感觉他一步步在跟我告别。我把聊天记录打印了出来，想珍藏这份记忆。

3 月 20 日，小岛上的一位亲戚去世。渡轮上，我盯了一上午手机，就是没看到他给我留言。

好不容易盼来他上线，我像被击中催泪弹一样，泪眼模糊。

我说："我想来看你。"他说："感谢你，但我不想让你看到我这般模样，我坐不住了，先下了，哈哈。"他临走时还要笑，又送了一朵花，"祝你平安健康，好好保重自己"。

握手，下线。

六

3月22日，我从亲戚家回来，想写篇文章，祈求上天留他在人间。

打开电脑时发现，他的QQ从我好友中消失了。一定是他把我删掉了！我顿时无所适从，不假思索重新申请加他好友。

小喇叭响了，QQ亮了，他又来加我了。

我没有欣喜若狂，只有泪流满面，因为看到他的签名已经变成："兄弟，一路走好！"

我揣测他是不是已经走了，屏幕那边是否已经不是他了？我一边流眼泪，一边打字："你好，他怎么样了，能告诉我他的情况吗？"

对方说："你好，我是他的朋友，他说起过你。我正在受他的委托删掉QQ网友。"

我央求他："能不能别删我？"

他说："我不能失信于他，但我会转告你的要求。"

他仿佛去讲了，然后回来告诉我："他听了你的要求，笑了，没说话。"

我难受极了，说："我想来看看他，不会给你们添麻烦的。"

朋友说："我再去问问。"过了一会儿回复说："他没反应了。"

再后来，他给我留言："对不起，我代表他和他的家人感谢你，他很知足了。"

他走了，真的走了。我脑子里一片空白，心里空落落的。这几天，我一直留意晚报上的讣告，猜想哪个是他。不知道姓名，不知道住址，却带来很多快乐的朋友。我很想知道，他最后长眠在什么地方。清明节的时候，我想给他买束花，去看看他。

说到这里，秋榕哽咽得说不出话来，她别过头去看向窗外。

面前的一杯茶早已凉透，而窗外，已经春暖花开。

流浪狗路路

倾诉人：沈女士

倾诉时间：2006 年 3 月 16 日

听闻爱怜的狗狗离去，沈女士深感伤悲。

愿狗狗们都能有个好归宿。

一

去年 9 月，我在小店附近发现一只流浪狗，那是条正宗的京巴，毛色很漂亮，但身上很脏，趴在垃圾堆里刨食儿。

我叫它："你来，我给你吃东西。"它耷拉了一下眼皮，没睬我。

下午我去倒垃圾，发现它还趴在那儿找东西吃，但找得非常吃力，刨一会儿垃圾，喘息着停一会儿，继续刨。仔细一瞧，原来已经怀孕了。

我再招呼它跟我走，这次它乖乖地跟在我后头，大大的肚子一颤一颤，走得很吃力。

我赶紧弄了两根火腿肠，又倒了杯热水，可能是饿坏了的缘故，它一股脑儿吃了个干净。

二

第二天下午，流浪狗又出现在小店附近，我看它可怜，拆了一包饼干给它。

晚上8点多，小店打烊了，拉上店门的时候，发现那条流浪狗蹲在门口的屋檐下，恋恋不舍地看着我。我对它说："今天很晚了，明天一早，你在这里等我，我给你带肉包子。"

说完，我穿上雨披骑车回家了。那晚的雨下得很大，骑到路口拐弯的时候，忽然发现身后一个颤颤的黑影跟着我，"呼哧呼哧"地直喘气，停车一瞧，居然是它！冒着大雨，拖着怀孕的大肚子，一直努力地跟着我跑。

我爱怜地摸摸它的头："叫你什么好呢？是在路上发现你的，还是叫你'路路'吧。"

虽然路路想跟我回家，但因为此前家里已经养了一条叫"乖乖"的狗，而我家居住条件有限，于是我又冒雨把路路送回了小店附近的草坪。

三

那晚回到家，看到乖乖有吃有喝，还有温暖的窝睡，而路路却在垃圾堆里刨食，露宿街头，越想越觉得它可怜。

第二天我起了个大早，买了三个大肉包往店里骑，果然路路已经趴在门口，乖乖地在等我了。

因为家里条件不允许再养条狗，我就和附近一位修自行车的郭师傅说好，晚上让它到他那儿睡，郭师傅很爽快地答应了。

平时，我给路路吃点肉包、火腿肠、饼干，喂些热水，就这样，喂了它一个月左右。

四

路路的肚子越来越大，走路也越发困难，我向人家借来一本狗狗生育方面的书，记住它们生产以前的几个症状：1. 到处找窝；2. 不想吃饭；3. 乳房挤得出奶液。

到了 10 月 17 日，路路的食欲大减，对以前爱吃的火腿肠也没啥兴趣了，而且还在店里跑进跑出，很烦躁的样子，也挤得出一点奶液了，我想，它大概要临盆了，就用一条绳子把它拴了起来。

18 日，我给我们当家的打了个电话，说，"路路可能要生了，这两天我不回家了，就睡在店里，你给我拿个纸箱和一些旧衣服过来。"我在小店的后半间给路路搭了个"产房"，在纸箱里铺上些衣服，还准备了个手电筒。

19 日晚上，路路"呼哧呼哧"地喘着粗气，脚爪不断刨地，我知道，它肚子开始痛了。我没敢惊动它，睡在外头留神里头动静，还给它准备了一杯热水，又加了些白糖。到了深夜，路路出来喝糖水了，我到"产房"用手电筒一照，已经生下六七只了。我说："路路呀，你坚强一些，一鼓作气今晚生完，我陪着你呢。"

路路还真争气，从此每隔十几分钟出来喝一次糖水，补充体力。

到下半夜两三点钟的时候，路路去外面上厕所，我再进去一数，已有 9 只狗崽。一团团的小白球，特别可爱。我真是开心极了。3 点多，我大着胆子摸黑骑车回家，去拿更多的衣服给它们保暖。

五

路路坐月子了，我们全家总动员。当家的给我送中饭时，我叫他多带一份给路路；我还叫我妈每天炖一点鸡汤，女儿每天中午上班前送来，让路路早一点恢复体力。

25 天后，小毛球们快满月了。9 只小狗崽抢奶吃的时候，有 2 只力气小的抢不到，饿死了，只剩下 7 只。小店里容不下这么多狗，我开始找一些有爱心的人收养它们。

定海城东有个管门的老师傅，因为晚年生活比较寂寞也来挑狗，他把路路抱在怀里。也许真有缘分，平时见生人就叫的路路一动不动地躺在老人怀中，特别温顺，路路就被那位老师傅收养了。

收养小狗的家庭也一户户落实了，有金塘的，有六横的，有台州的，新主人把它们抱走前，我实在舍不得，就把这些小狗们放在草坪上，给它们照了张"全家福"。

最后，我的小店里只剩下了一只小狗，我把它妈妈的名字给了它，叫它"路路"。

六

路路没有遗传它妈妈的漂亮基因，没有忧郁的眼睛和漂亮的耳朵，它看上去更像一只很普通的本地狗，白白的毛里还夹杂着几簇黄色的毛。但这没有妨碍我喜欢它。

我仍像以前照顾它妈妈一样，照顾着路路。平时喂它一点肉包子、火腿肠，晚上它睡到郭师傅的自行车修理摊里。

路路很通人性，店里人多时，就不进来，自个儿在外头耍，只有在生意冷清时，才会跑到我腿下，蹭蹭，闻闻，和你亲热亲热。给它吃火腿肠，吃完第一根后，它把第二根咬成几段，放到窝里藏好，等饿时再吃。

路路和它妈妈一样，喜欢到附近人行道散步，我告诉它："这里来往车子很多，你要当心噢。"路路很听话，过马路时左看右看，小心翼翼的样子就像个小孩子。它还喜欢在草坪上打滚，到邻居家串门儿，大家都很喜欢路路，一会儿工夫不见它，都会惦念："阿拉路路上哪儿啦？"

七

前段时间，我们家乖乖的狗证快要年审的时候，我忽然想到了路路，这小家伙从出生到现在还没领"出生证"呢，就跟郭师傅商量，啥时有空到有关部门给路路报个"户口"。

昨天，路路没像往常一样来我店里吃东西，附近邻里告诉我，路路因为没有狗证被带走了。今天一早，我去办理有关手续准备领回路路时，却得到一个消息，路路已经被"处理"掉了。尽管工作人员不断安慰我，但我还是很难过。

这条叫路路的小狗，还不到 5 个月大。

那年大沙，风里吹来稻香

他出生于 1933 年。

2015 年，我曾跟他有过一个约定："等到鸡年，我来采访您！"他认真地掰着指头算，"明年猴年，后年就是了，这么算起来也不远，好！我争取活到鸡年"。

预约一个两年后的采访，是因为他家比较特别，全家共有 6 位成员属鸡。

鸡年如期而至，但他没能等到这一天。

他叫颜才良，我的通讯员中最年长的一位，一个质朴、友善、温暖的老人。

一

与颜老伯相识，是在 2010 年。那天，办公室里来了位长者，说要倾诉。

像他这样不预约直接"撞"上门来的倾诉者，非常少，我们就在三楼会议室直接聊。

与其说是倾诉，不如说是讲述，他回忆了一段尘封多年的往事。

40 多年前的一个晚上，他曾路遇一对拉小板车的夫妇，躺在车上的女人即将临盆，他帮忙一起把产妇送进医院。时隔多年，他牵挂着那个晚上出生的婴儿，不知是否安好？

正是微博人气最旺的年代。稿件刊出的那天，我正好在台湾，房间里 Wi-Fi 信号很弱，我端把椅子坐在门口发微博寻人。尽管有很多网友帮忙转发，但或许是时隔太久的关系，那个 40 多年前的婴孩，一直没能找到。

二

颜老伯也不气馁，依然兴冲冲给我打电话，时不时到报社来跟我见一面、聊两句。

后来才知道，当时的颜老伯已患胃癌数年，定期会来舟山医院检查身体。

他家住大沙，每次复查都是一个人坐公交车到定海城区。来的时候，他习惯挎一个公文包，里面装着助听器，听不清我说什么的时候，他会从包里掏出助听器来戴上。

有时还会把医院的检测报告单拿出来，指给我看，"这次检查结果不错！"他说着，脸红彤彤的，眼睛眯成一条缝，犹如受到医生的表扬。

他脸色红润的样子，丝毫看不出是身患重病的老人。

三

因为家境贫寒，颜老伯没读几年书，但他年轻时曾在上海学习过一段时间的新闻采访写作，所以对新闻事业很是热爱。跟我接触多了以后，他常常给我提供新闻线索："徐记者，我在大沙发现好几条新闻，你有空来采访嘛！"

细心如他，还给我提供去大沙的公交车信息："你可以坐××路公交车，到××站下，我去车站接你。"他甚至能估摸出公交车经过某一个站点的大致时间。

我后来在他家见到一个本子，上面密密麻麻记满公交车经过的时间。原来，农村公交车班次少，为避免浪费时间，他每坐一次车都记下来，时日一长就摸出规律了。

四

颜老伯陪我采访的交通工具，是一辆可以装货的小三轮车，颜老伯在前面吭哧吭哧地骑，我就坐在后面。两旁是大沙的田野，满眼金灿灿的，微风一起，一望无际的稻田飘来阵阵稻香。非常特别的采访体验。

采访途中，颜老伯走进一个小卖部，拎了箱牛奶回来，进门采访的时候先送上一箱牛奶，主人一边说着"这么客气干吗"，一边打开了话匣。

在大沙，我们一起采访了耕牛人家、打铁的匠人、留守老人……

采访结束的时候，他把我送到公交车站。等车来了，我把准备好的牛奶钱迅速塞进他的口袋，真没想到年近80岁的他身手特别敏捷，就在车门关上的瞬间，他"嗖"地一下把钱给扔车上了。

五

有一阵子颜老伯身体不好，女儿把他接来定海住，我去他女儿家探望，他说起自己这一生的经历：童年时父亲在海难中去世，母亲为了家计去上海做保姆，他也跟着到上海，做了几年学徒，那段日子苦不堪言。

新中国成立后他响应国家号召去河南支援建设，但工厂效益不好，他携妻带子回到舟山，靠自己的双手创业，刚有点起色又

被一场大火无情烧毁了所有……所幸到了晚年，妻贤子孝，大家
庭其乐融融，生活过得安稳幸福。"我这辈子的经历就跟小说一
样丰富，你给我写本书吧！"颜老伯说。我说行，等你病好了，
我们约时间详细聊。

六

　　再次出现在我面前的时候，颜老伯的身体好转了。这次他没
有出现在报社，而是约我去医院。原来，他的一个乡邻突然倒在
田埂里，家境困难无钱治疗，他想让我报道报道。

　　他发动左邻右舍为乡邻捐款，一笔一笔，都记在一个本子
上，"因为自己受过苦，所以知道别人落难时，伸一下援手是多
么重要。"

　　他对《舟山晚报》的编辑、记者都很熟悉。"我发现潘建萍
主要写民情版稿子，你做专刊，写出来的文章都是一整版，我有
时晚上睡不着，就想着有什么题材可以提供给你们。"

　　最后一次来报社找我，他回忆了自己这辈子穿过的鞋："小
时候穿过的布鞋，是母亲在油灯下一针一线纳的；做学徒时穿
过的木屐，踩过上海小弄堂时'呱嗒呱嗒'会响；回舟山参加
修建水库时穿过自制的'解放鞋'，那是用废旧小推车的轮胎自
制的……"

　　一双一双，陪他慢慢变老。

七

　　2015年12月的一个周二，我正在写稿，忽然接到一条短信：
"爷爷颜才良病重，想见你一面。"我撂下写了一半的稿子往医
院跑。

　　舟山医院9楼，我见到了病床上的颜老伯，他脸上插满管

子，辨认了一下才认出是我。

"这么忙还把你叫来医院，真是过意不去，这次是真的过不去了。"他握住我的手，掌心温热："其实我已经打听到你家住哪儿……"

每每想起他把钱扔到公交车上总是过意不去，逢年过节会给他送点月饼或红枣，拎到他二女儿开在东门菜场的蜂蜜摊位上。他想还礼，一直问我家住哪儿。

我忍不住落下泪来。

这是我跟颜老伯见的最后一面。一个多月后，他去世了。

颜老伯这一生，经历过生活的冷酷对待，但他依然温暖良善，与生活握手言和。来报社讲述的那些经历、故事，琐碎而平凡，但令人感受到生命可上的张力。

每次想到他，就会想起那年的大沙、田野和掠过耳际的风。

CHAPTER 4

围城内外，逃离或攻入

一个单身汉的梦想乌托邦

倾诉人：老钟（化名）
倾诉时间：2012年7月7日

　　漫漫相亲路，让年过半百的老钟越走心越灰：找一个中意的女人温暖余生，真有那么难？他有一个梦想：能否在舟山建一片单身公寓社区，打造一个现实的交友平台？

　　你可以说它是遥不可及的乌托邦，但明日实现也未可知。

一

　　7月7日，周六，天晴。一大早接到老钟的电话，"是《舟山晚报》情感倾诉栏目吧，我几年前曾经参加过你们举办的嘉年华。"

　　老钟说的那个嘉年华，我记得，是把单身男女聚一块儿的交友派对。那个寒冷冬夜，来了许多男男女女，做游戏、放烟火，寻寻觅觅，就为遇见一个温暖的眼神。

　　"那时我刚离婚，单身。"老钟说，"时间过得真快，眼睛一眨，离婚时我还是不惑之年，现在都已年过半百，是老头喽。"

　　我问："这么多年，你就一直没找到自己中意的女人？"

"别人介绍的挺多，自己认识的也挺多，但这些年下来，还真没找到合适的。"老钟说，"现在想再婚的人很多，45岁以下容易些，但45岁以后确实难，因为性格、脾气、习惯完全定型，很难为对方改变。"

二

老钟曾遇到一位离异单身的女老师，她的温婉气质、言谈举止让老钟心生好感，而老师对老钟的个人素质也比较满意，恋慕之下两人开始交往，有时逛逛公园，有时办公室聊聊，偶尔还到对方家里串串门。

再浪漫的花前月下终会飞落到柴米油盐里，时间一长，两人不免谈到今后重组家庭的问题。有一回，女老师直截了当跟老钟讲："如果咱俩在一起，就一个人住到你的房子里来，我的工资不交给你。"

老钟点点头，觉得这个条件可以接受。女老师又紧接着提出："我儿子马上要结婚了，我给他买了套120平方米的房子，每个月有几千元的贷款要还。如果咱俩结婚，这笔贷款我们共同来还，你还60%，我还40%。"

几个月交往建立起来的美好印象，瞬时被打破。"庸俗！"老钟虽然当时没说什么，但事后跟朋友说："她自己也有房子，住我房子里来也就算了。但我也有孩子，凭什么替她的孩子还贷款？"

三

老钟也遇到过愿意跟他的女人，但在磨合期就出现问题。那个外地女人，贤惠能干，但饮食习惯实在相差太远。"像我，饭桌上总离不开海鲜，她喜欢吃辣，巴不得顿顿搁辣椒。"

老钟说："年轻的时候，磨合几个月，你吃啥，我也吃啥，

两个人的口味很快就融一块儿了。但年纪一大，口味、习惯很难
为对方改变。"

无法习惯的，还有彼此的作息时间，"我是典型的早睡早起，
晚上 9 点钟睡觉，早上 6 点钟起床。而她是夜猫子，愈夜愈精
神，晚上捧着个电脑，不到半夜 12 点不困。我起床早，还要怪
我把她吵醒"。

因为她也是上班族，回家又要做饭又要搞卫生，把自己搞得
很疲累，就数落老钟："我又不是保姆，你也可以动一动嘛。"

"这已经算是很客气的话了，后来还要求我上交工资，收入
全归她。"这对已经自由惯了的老钟来说，无异于扼其咽喉。于
是，又一段感情无疾而终。

四

寻寻觅觅，连老钟自己都搞不清究竟相了多少回亲、认识了
多少女人。在屡败屡战中，他琢磨出了一套"钟氏相亲经验"。
"在舟山，像我们这种 45 岁以上的男人，如果没有 3 个条件，再
婚很难！"

"第一个条件，男方必须要有一定的经济保障和实力。首当
其冲的是房子，100 平方米总要的吧。再看收入和存款，有些旱
涝保收的单位，即便收入少一点也是香饽饽。最后看负担，像我
们这个年龄一般各有子女，如果女儿已经出嫁，儿子已经娶妻，
就属于没有负担，相亲市场上的加分项。"

老钟说的第二个条件，是指男人的软实力，即人品、相貌。

"按理说，忠厚老实的人会受欢迎。"但这些年相亲下来，老
钟也看不明白，"像我这样的老实人，讨不来女人的欢心。"

再看相貌。"阿拉虽然已经是老头，但老头也有老头的相貌，
看得上眼的再谈，如果不中意，第二次就没必要再见面了。"

第三个条件，就是身体健康。"对男人来说，年龄倒不是问

题。给我介绍的女人中，少则同龄或相差两三岁，大的可以差一轮生肖——12岁。"

<h1 style="text-align:center">五</h1>

相亲、恋爱也是要成本的，特别是对男方来说。因为被传统观念认定是理所当然的"买单方"，所以光相亲方面的消费，老钟就花了不少钱。

"我刚开始相亲时，两个人喝杯咖啡、聊聊天，60元足够。后来涨到了120元，现在两个人要380元。而且相亲不一定就来两个人，如果有介绍人、小姐妹陪同，4个人的小包厢，至少要500元。"对老钟这样的工薪阶层来说，负担不小。

渐渐地，老钟再婚的心就灰了。

灰心并不意味着死心。一想到寂寞的下半生，老钟就觉得不甘。

"我有一个想法，舟山能否建一个单身公寓社区？这个社区全部由40—60平方米、精装修的房子组成，只有年满45周岁的单身人士才可以申请购买。"老钟很快又想到择偶的年龄差问题，"女性单身可以放宽，比如35周岁可以申请购买"。

老钟认为这个社区最大的好处是，"日久见人心，住得近就有机会深入了解这个人"。

我问老钟：若两人想结婚了，要不要搬出这个公寓？

老钟说，不用，就把两个人的房子调剂到对门。

老钟说，社区一开始就要有个制度，非单身后就不能住单身公寓了，得把房子照市场价卖掉，如果没人接手，就由社区暂为接手。

我觉得这个想法有点乌托邦，但老钟说，很多美好的现实，或许就来自曾经遥不可及的乌托邦。

简简单单的喜欢

倾诉人：小木（化名）
倾诉时间：2015 年 12 月 18 日

简简单单的喜欢，最真实，也最动人。

一

那年冬天，单位进了全套新设备，所有人都必须学习考核再上岗。林嵩（化名）是厂方派过来的技术人员，负责教我们使用。

虽说是老师，但年纪比我还小一岁，个子小小的，眉清目秀，有点像歌手阿牛，但又不似邻家大哥哥般亲和，他是冷淡、机敏的。

第一次上课是在下午，很冷的天，我午睡完从被窝里爬起来，套了件长长的毛衣就去了。

电脑间里早已围了一群同事，办公室死党蓉蓉见到我，拍了一下我的肩，招呼了一声："你迟到了！"

林嵩闻声抬头，望了我们一眼。

我有些难为情，往里挤了挤，把自己淹没在人堆中。

二

我们单位最不缺美女，经常用娇滴滴的声拖长了音叫"林——老——师——"，恍如进了女儿国。有好客者还请林嵩吃饭，我不知道他是否赴那些约。只是平时上课见到，感觉他有些冷面，一副面无表情不为所动的样子。

有一回我正学着用新系统，他仿佛有事要出去，在电脑上噼里啪啦敲了一段就走。我问他敲的是什么，他头也不回地说："我帮你（文件）取了名字，你该叫我哥了。"表情严肃认真，一点都不像开玩笑的样子。

我愣了一会儿才回过神来，原来是拿我开涮呢。

我不知道他是只这么对我，还是跟所有人都这么调侃，但隐隐感觉，他对我是特别的。

三

真正感受到这份特别并有所心动，是在考试那天。他是考官，坐镇一个考场。而我们主任，则坐镇另一个考场。

照着排队的次序，我原来分在林嵩那儿，看排我后面的同事等得心焦，便让她先考，如此一来，我就分到了主任那儿。

两个考试间，两道透明玻璃相隔，对面发生什么，看得一清二楚。考试刚开个了头，就见林嵩匆匆跑进来说："她昨天已经考过了。"我当时一愣，心中一震，不知道如何作答。我是不惯于说谎的，面对他突然冒出来的善意庇护，不知如何圆谎。

事实上，我们之前交情甚浅，没说过一句逾越师徒关系的话，没想到他竟然如此护我。

主任说，既然考试已经开始了，那就继续吧。他也不走，待在旁边看我考。不知道他怎么想的，见我应付顺利，居然又出了几道更难的考我。

四

我们通过考试后，林嵩没有立即离开舟山。因为新系统投入运行需要测试，我上班的时候，他来监控设备的运行情况，所以有了几次交谈的机会。

有一次他说，你有点像香港还是台湾的一个演员，姓杨的，笑起来特别像。我问："谁啊？"他想了半天，没想出名字，"看过《鼠胆龙威》没有，李连杰演的，就里面那个女的"。我说没有。然后问，"是不是杨紫琼？"他笑着摇头，不是。算了，不想了。

然后想起，初见时，蓉蓉叫我，他抬起头来看我们的那一眼。

知道我学历不高，他劝我再去读点书，说我是什么都不懂的小女生，总是为我可惜。

可能是年龄相仿的缘故，我们在一起聊得蛮投机。聊爱情，聊人生，一起做心理测验题。然后，他觉得错看了我，"原来你还蛮有想法的"。

聊着聊着，他忽然打住某个谈兴正浓的话题："再谈下去，要迷失自己。"

五

单位新系统经过一段时间的测试，运行比较平稳，林嵩也要离开舟山了。那天，我结束工作，跟他道再见，他说："不要再见了。我明天就回杭州，再见这事儿就复杂了。"

我内心有些不舍，但不好表露，假装不在意地，头也不回地离开。

身后，是他的目光，和忽然提高声音的嘱咐："路上小心。"

心中一暖，我差点没落下泪来。这个寒冷而寂寞的冬天。正如聊天时说过的那样，我们这辈子，大抵是不会再见面了。

短短几天的相处，没有更多了解，他是我所遇到的比较特别的一个人。他让我看到他的心意，与克制与隐忍。

人生只如初见，果然美好，因为他对我无所求。就这么简简单单地喜欢，没有伤害。

不相亲，还能怎么着呢

倾诉人：夏华（化名）
倾诉时间：2014 年 4 月 15 日

在夏华还是个姑娘的时候，从来没想过自己到了知天命的年龄，还会跟小姑娘似的兜兜转转在寻觅爱情的路上。这是两次失败的婚姻带来的后遗症。

稳定的职业、不错的收入可以让夏华的日子过得很滋润，但一个人的日子终究是寂寞的，尤其是儿子在外地读大学那会儿，一到佳节想着自己形单影只就心酸。

虽然相亲多少有点生硬，可大半辈子情感路上的辛苦和颠沛告诉她：不求轰轰烈烈，但求平淡相守。不相亲，还能怎么着呢？

第一个相亲对象：10 多年前，我们见过面

离异单身多年，我身边不乏一些姐妹，常热心给我牵线搭桥。

年前一位大姐就跟我讲："有个男的工作收入都还稳定，到时候见一面？"我答应了。

春节长假结束后，舟山下了今年第一场大雪，大姐给我打电话了："那男的说，过年亲戚还没走完，再等几天吧。"

我说没事，走亲戚也是传统礼数，照我们舟山人的话来讲是"擦桌布还没擦完"，让他先把自己的事情忙完好了。

很快到了2月14日。我记得很清楚，那天是星期五，大姐又给我打电话，说明天见面吧。当时我跟几个小姐妹正在搞情人节聚餐，她们一听我这次相亲的来龙去脉，就说不对，那男的咋会介"坦"（舟山话，淡定的意思）。

果不其然，星期六上午，大姐打来电话说不见面了。因为那个男的去打听了一下，发现我跟他在10年多前相过亲。

当时年纪还轻，我眼光蛮高，见面没感觉就立马结束。

不瞒你说，我心里也犯过嘀咕，姓氏、职业都差不多，但又不好多问，他记性也蛮好的，10多年还记得有我这么一个人。你说巧不巧，这段相亲还没见呢，就夭折了。

第二个相亲对象：最后还是下决心跟自己讲，算了

这事儿黄了之后，大姐又给我介绍了一个。无巧不成书，也是10多年前相过亲的。

这个男的人长得蛮清爽，个子不高，正好和我相配。有个儿子，父母帮忙带。但是一讲话，实在让人难以接受，比如说我们离异的相亲，一般会问到为什么离婚，他的回答，谁听了都要吓晕。

"小夏噢，阿拉那方面不正常，老婆跟人家跑了。"你想想，那时我才30多岁，听见这种话，第一反应就是傻掉了。你说第一次见面，最多说我身体不大好，夫妻感情不好，稍微婉转一点，我也能心领神会的。这么赤裸裸的话，我接受不了。

我就跟他说，你说话怎么这么随便，他说："阿拉工人出身，不会拐弯抹角。"

他这么坦然，我就纠结了。综合各方面考虑，他还算不错。一是职业稳定，单位在定海名气也蛮响亮的；二是外表不错，络腮胡子，很帅气，很像一个男演员，我对干净的男人有好感；三是我认识他父母，很爽直、好相处。

犹豫不决时，我跟他处了一段时间，最后还是下决心跟自己讲，算了。

第三个相亲对象：那个瘦啊，这哪里是 130 斤的男人

一个星期天，我在家休息，电脑开着，QQ 挂着，小喇叭"啾啾啾啾"开始叫了。一瞧，有个男人主动来加我。一般来说，我不加陌生男人，但一看是定海的，年龄又比我大一岁，就抱着"聊聊天也不错"的想法加了他。

一聊，哟，这男人条件跟我蛮符合。定海人，52 岁，身高 1 米 73，体重 130 斤，一个女儿归女方，正在读大学，书读得很好。他的工作也不错，虽然在定海没有房子，但老家有，有可能会拆迁。

聊了段时间，约出来见面，结果把我吓了一跳。那个瘦啊，这哪里是 130 斤的男人，那个脸啦，还没有你那个手机大，毛衣穿着，头颈那边空落落的。据我目测，这人顶多 90 斤。

我坐下来跟他聊了一会儿。聊下来的感觉也还好，关键是感觉他比较有诚意，他现在住的是单位宿舍，有彩电有空调有电脑，手机里都存有照片，他一张张地翻出来给我看。

他也挺实在的，说这个年纪来找对象其实就是找个伴。跟我的想法比较契合。

那天晚上有点下雨，大概聊到 8 点多，我说我第二天还要上班，就走了。回去后我还纠结了一晚上，想想自己已经到了这个年纪，对男性的外貌就不要太在意了。定海没房，这个问题也不大，我现在有两套房，住哪里都可以。如果他主动打电话给我，

可以试着交往。

结果，这一别杳无音讯，他连 QQ 都没亮起。这么一来，我也没必要纠结了。

爱情依然是它最初的模样

今年正月初二，我去菜场买菜，巧遇以前的邻居大姐。我们互留了手机号，从那天开始，我跟大姐常常一起散步。

有一回她跟我讲起来，邻居有个老头，生活很有情调，买了个浴缸泡澡，家里有个院子，种点花花草草。女儿也很孝顺，经常带着外孙女去看他。"就是不知道他年纪，看上去还蛮年轻的。"大姐说，回去帮我打听一下。

第二天，她就给我打电话："年龄有点大，63 岁。"我也觉得有点可惜，60 岁以内都可以接受，但现在他比我大了整整一轮。

邻居大姐后来又提起过一个，是她单位的同事，本来也蛮好的，比我大一岁，结果一问，他说现在没工夫找对象。原来女儿在国外留学，费用很大，"我现在谈恋爱的工夫都没有，白天在上班，晚上要做兼职"。

你看，都是错过。

做姑娘的时候，我曾遇到一个小伙子，半年，连手都没牵过。就跟山楂树之恋里头的静秋似的，跟老三在一起什么亲密的动作都没有，他就是来我家坐坐，坐完就走。我的儿子感觉不可思议，我说："妈妈经历过。"那时候的爱情，真是纯洁。

我很喜欢那句话 "爱情之于我，是一蔬一饭，是肌肤之亲，是一种不死的欲望，是我疲惫生活中的英雄梦想。"

这种梦想，无关情感上是否历经沧桑，也无关是否仍处花样年华。在依然生机勃勃的灵魂面前，爱情依然是它最初的模样。

后妈难当

倾诉人：苏娅（化名）
倾诉时间：2011 年 10 月 24 日

在这个重组家庭里，苏娅再一次感受血缘的奇妙：因为血脉相同的人可以，毫无理由地信任，然而她再怎么掏心掏肺地待人好，自始至终，也都只是个外人。

一

窗外秋雨霏霏，午后的茶坊冷清而寂寥，这位冒雨前来、看上去温柔敦厚的女子，有满腹心事。"照舟山人的说法，我是八字推板。女儿 4 岁死了爹，做'二七'时小姑子跳出来，要我走。不想看人脸色，做'五七'的时候，我走了。无处可去，带着女儿搬回娘家。"苏娅说起这些过往，几乎是不点标点符号一气呵成的。

几年后，弟媳妇对苏娅说："再成家吧，我给你介绍一个，在宁波，不妨认识一下。"

苏娅想：弟媳妇总归是自家人，不会害我，便答应见面。苏娅由此认识了老梁，一个离异的中年男人，有个 19 岁的儿子。

二

相识没几个月，老梁邀苏娅去宁波。"他在宁波买了套新房，装潢完后办进屋酒。他说，如果可以，咱俩这事儿也算定下来了。"

看老梁如此真心实意，苏娅也决定一心一意，此去宁波便"敲定"了关系。两人各带儿女，从此在一个屋檐下生活。

这个看上去与平常人家无异的家庭，其实平静中暗藏波澜。"因为闪婚不够了解，总归会有矛盾。"但令苏娅始料不及的是，最大的矛盾不是在她和老梁之间产生的，而是在她与继子小梁之间。

三

嫁进梁家时，小奘念高三，正埋头复习准备高考。

苏娅清晰地记得第一次见面，老梁指着苏娅的女儿问小梁："这么漂亮的小姑娘，给你做妹妹好不好？"小梁面无表情，不答。不过苏娅觉得，这已是让她比较满意的表现了，"毕竟是第一次见面，要他很热络地接受一个妈妈、一个妹妹，也不太现实"。

苏娅一心想当好这个"后妈"，"高考前，舟山人一般要去普陀山。他亲妈不去，我就从宁波跑到普陀山，三步一拜为他祈福"。因为奔波劳累，苏娅回来后在床上躺了一个星期，"他没有过来问候一句"。

四

身体是学习的本钱，苏娅变着法给小梁做好吃的。他爱吃带鱼、水白虾，饭桌总少不了这两样，但苏娅烧出来的红烧带鱼，小梁碰都不碰，"他说，从小到大吃惯的带鱼，是不放酱油、米醋、老酒、辣椒的，一闻酱油味儿，就恶心"。

在苏娅看来，小梁不吃红烧的是故意为难。"一闻酱油味儿就恶心，红烧肉怎么吃得这么欢？"苏娅说，"有一回我在家招待侄儿，做了一盘红烧肉，小梁吃得最多。"

"平时在家挑这挑那，到了外面又啥都要吃。"苏娅觉得，小梁对她怀有天生的敌意，而这敌意并未因为她的真心相待而消融，反而随着各种擦碰日渐加深。

五

有回老梁跟苏娅说："有空帮儿子买几件衣服，穿来穿去就这两件，儿子都没衣服穿了！"苏娅想这么大的小伙子，应该有自己的审美眼光，自己买的他未必喜欢，便给了小梁500块钱。未料，小梁把钱都花了，没买衣服，穿来穿去还是那两件，于是苏娅又遭老梁怨怪："对儿子的事不上心。"

生活在一个屋檐下，各种误会与摩擦不断。有一次，苏娅去卫生间拿抹布，正撞见小梁脱光衣服准备洗澡，她立刻退了回来，而小梁已经在里头破口大骂，苏娅气结："明知道家里有人，他为啥不把浴室的布帘放下来？"

六

苏娅还常常发现自己少钱少物，"摘下的隐形眼镜，连水带镜片不翼而飞；洗澡时摘下的项链，神奇失踪；口袋里，经常会少几块"。苏娅是个节俭的人，用的钱基本心里有数，"女人嘛，一百块钱找开，基本用过的、剩下的都能对得起来"。

有一回她买菜回来，口袋里还剩一张50元、一张20元、几枚硬币，便有了打算：这几枚硬币明天买早饭。第二天一早，她准备买稀饭时，发现硬币不见了。"我心里怀疑，但没有证据，也不好乱说，只能忍了。"

今年春节，老梁给了1万块钱用于人情往来，苏娅300元、500元地分类包好，最后还剩下4000块钱。正月初七上班，再点，发现少了200块。问女儿有没有拿，女儿说没有，苏娅相当信任。而老梁也相当信任自己的儿子，"阿拉儿子不会的，他是老实人"。反过来还要数落苏娅，"神经病发作了"。

七

让孩子做些事情原本再平常不过，但在再婚家庭，这也变得微妙无比。"差谁的孩子谁都不高兴，我尽量自己做，即使需要帮忙也是叫女儿，几乎没叫过小梁，哪怕洗一个碗。"

只有一次例外。那次苏娅验出有孕，流产后在家休息。碰上家里没米没水，苏娅便让小梁背米、扛水，因为家住5楼，送纯净水的不肯送。"就是这样，老梁就有话出来了：'要是自己亲生的，怎舍得让他干这些重活？'"

受了委屈，苏娅只能宽慰自己：小梁总要长大成家吧？待他自立后，当客人相待，或许关系会好转。一眨眼，小梁大学毕业了，找了舟山的一家单位。老梁也把业务转移回了舟山，一家人全都回来了，这下相处的时间更多了。

八

在这个重组家庭里，人人都有一颗敏感脆弱的心，争吵一触即发。

那次，苏娅洗完澡，喉咙有点痛，便躺在床上休息。迷迷糊糊刚入睡，便被一阵响声惊醒了，她以为是女儿，便责怪："妈妈身体不舒服刚刚睡下，小兔崽子你能不能安静点……"

而在看电视的老梁听来，这话是指桑骂槐指责自己儿子的。"他虎跳起来，一把将遥控器扔了过来，茶几也飞过来了：'你骂谁啊？我的儿子你好随便骂的？'"

苏娅心灰意冷，对老梁说，我们还是离婚算了。

老梁说，你一个人净身出户可以，想分家产，没门儿。

九

回舟山后买下的这套房子，是苏娅和老梁两个人共同置下的产业，里面还有苏娅母亲省吃俭用攒下的 7 万块钱，所以苏娅无论如何不能放弃。而老梁，自然也是不想放弃的。于是两个人就套牢在这房子里。

昨天，苏娅又为一些事怄气，给他们爷俩做完晚饭后，躺床上歇息去了。饭毕，只听得小梁在厨房里"哗哗"的洗碗声。待得苏娅肚子饿想去吃饭时，发现已经没菜了——没吃光的，也让他给倒了。"要是亲生儿子，好歹也会来问一下，至少不会把菜倒得一干二净吧！"

苏娅的心，再一次冰凉。

离婚那天，他买了鲜花送她

倾诉人：银生（化名）
倾诉时间：2011 年 10 月 17 日

当年，银生第一次见她的时候，送了一束花。
离婚当天，他也跑去买了束花，打算单膝跪地送老婆。
"我想，既然缘分是从鲜花开始的，那么就让缘分在鲜花中结束吧！"

一

与银生在电话里聊过几次。这个在舟山打工的外地男人，今年一直纠结着要不要与妻子离婚。他向我发誓说绝对没有第三者插足，就是因为夫妻长期没在一起感情淡漠。

我不主张这种有了孩子后依然找一些似是而非的理由闹离婚，所以一直苦口婆心地劝他别离。每回听他"哎哎"答应着搁了电话，我虽然说得口干舌燥但还是颇有成就感的。可哪里晓得，他嘴上答应得好，内心的主意依然坚定无比。

10 月 17 日晚，他又给我打来电话，说，"我这两天在老家，专程跑来离婚的。""啊?! 你还是走到离婚这一步啦？"我惊讶之余感觉非常遗憾。他说:"是啊,不过没离成,办手续时发生了一些意外,我还进了派出所。"

二

离婚当天,银生跑去买了一束鲜花,打算单膝跪地送老婆。

"离婚手续要去我们县城民政局办,我提前两个多小时就到了,还到花店给她买了束鲜花。"这样的浪漫之举,连我都感觉意外,这个时候还有送花的心意?

"好聚好散呗。"银生不假思索地说,"我第一次见她的时候,就送了一束花。我想,既然缘分是从鲜花开始的,那么就让缘分在鲜花中结束吧。"

"而且,我不希望吵吵闹闹分手。最后一次见她,彼此留个好印象。"

三

银生原先把这场"离婚仪式"想得很美好:他要像求婚一样,跪在她面前,然后双手把鲜花奉上,"毕竟年轻时,我们曾经拥有过的那段时光,很美好。"

走进民政局,他一眼瞧见了老婆,几年没见,身形更瘦削了。她一直在那儿打电话,回头,她看到了银生。正当银生欲依照自己事先预想的那样,单膝跪地把鲜花送上时,蓦地发现老婆身后还站着两个人——她的爸爸和哥哥,"刚才一直在看她,没注意他们也来了。"

尴尬。他只能硬着头皮,直接把鲜花递上。"要是只有她一个人,我肯定跪下了。但他们两个在场,我再单膝跪地,这场面会变得非常可笑。"把花送上的时候,他也想不出说什么,分手快乐?离婚快乐?那只是流行歌里唱唱罢了,现实生活里来这么一出，肯定会被当神经病的。"我对她说的第一句话是，你瘦了。"

老婆没有说话。面对银生递上的鲜花，她有点不知所措，最后还是接过了它。

四

岳父和大舅子冷眼旁观着这一切，都默不作声。

"刚开始觉得老人家过来，要尊重他，所以还跟他们说笑。"在银生看来，这场离婚是一段有名无实的婚姻的结束，没什么可以悲哀的也没什么可怨恨的，"我一直跟我老婆说，希望尽快办理手续，这段婚姻再延续下去已经毫无意义"。

所以，他像往常一样，神态自若地上去跟岳父打招呼："您怎么也过来了？……"岳父怒目一竖，大舅子白眼一翻，银生这才意识到，原来离婚前见面的寒暄并不像平时问候"吃了没"那样可以脱口而出，他们也没法像他一样，可以超脱地看待离婚这件事儿。

"我原本是这么想的，大家几年没见了，可以聊聊往事，好好协商离婚，客客气气把手续办了，这不是挺好的一件事儿嘛！"只可惜，这只是他的一厢情愿，岳父说："废话就不要多说了，就谈谈怎么办吧！"

五

事实上，离婚的一些事情在银生回老家前，已经在电话里跟老婆谈好。

只是协商时，老婆坐在岳父身边，始终一言不发，而岳父则充当了她的发言人。银生终于忍不住了："我说爸，我是跟你女儿离婚，还是跟您离婚啊？我想单独跟她谈些事情，可以吗？"岳父手一扬："好好好，那你们两个自己谈吧。"

"他话是这么说，人却始终不离开。我俩怎么单独谈？"银生，也没法轻松起来。"最后，协商陷入了僵局。"

主要在孩子抚养的问题上，双方达不成共识。"我们在电话里说好，孩子归我，离婚当天要把孩子抱过来，我才签字。来之前，我又反反复复跟她强调——是强调，不是希望，就让她一定把孩子带来。然后，我才向单位请假回了老家。但她并没有遵守诺言，她不让我见孩子。"

六

不知不觉到了中午，尽管谈判不怎么愉快，银生还是请岳父一家吃了中饭。

"吃饭时，我非常明确地表达了我的意愿——对我来说，孩子就是我的生命，我可以不要房子，不要任何财产，但是不能不要孩子。"银生已经打定主意，"我再苦再累也要把孩子带大，那是我的命根子。"

在孩子很小的时候，银生曾经把孩子接到舟山。那几个月，他白天上班，晚上当奶爸，"孩子半夜里又哭又闹，我就抱着他走啊走啊，一直走到天亮。我们住的地方小，吵到别人不太好，没地方可去，我就抱着孩子在马路边，一坐就是一个晚上"。

这样的父子情深，岂能轻易割舍？"我知道，要是孩子归我，一个人既要上班又要带孩子，肯定精力不够，但没有孩子，我还能有什么？活在这个世上还有什么意义？他是我的精神支柱，是我工作的动力。下了班，听听他的声音，摸摸他的小手，都很快乐。"

七

银生的态度很坚决，不见孩子就不在离婚协议书上签字！岳父一家看拗不过银生，便让岳母把孩子抱过来。

场面一度陷入混乱。银生想把孩子抱走，岳父母一家坚决不让，"我争，他们抢，把孩子吓得哇哇大哭"。争抢，推搡，那束鲜花在混乱中被撕扯粉碎，花瓣落了一地。银生没能见到"好聚好散"的离婚场面，反而因为情绪失控，导致一场无法收拾的残局。有人报了"110"，银生被带进派出所。

"我现在才出来。"银生有点懊恼地说，"待在里面的时候，那种心情没人能理解。我曾经口口声声喊'爸爸''妈妈'的人，还有曾经最爱的老婆，亲自把我送了进来。"

"警察让我们平心静气好好谈谈。"在派出所，银生终于有了和老婆单独谈话的机会，"我没怪她，也没有骂她，我对她说，希望你快点长大，能够独立地处理我们的事情。"

八

经过这样的争抢，婚自然没离成。我问银生，那你接下去打算怎么办？

银生说，不知道。亲戚朋友都不能理解我为什么要离婚，包括我叔叔、姑姑在内的家人，每个人都在骂我。他们都以为我在外头有"相好"，其实我真没有。

"我希望可以亲手把儿子抚养成人，等儿子结婚的那天，我还会请他们——岳父、岳母、大舅子过来喝酒，大家当朋友往来，不是挺好嘛。"

银生冷静下来后有点想通了，"毕竟他们曾经也是我的家人，我不想跟他们闹得很僵。明天，我还是先回舟山，想想怎样对孩子好，再做选择"。

CHAPTER 5

万千灯盏寻归处

亲人，就是我的"药神"

倾诉人：胡毅
倾诉时间：2018 年 7 月 31 日

一年多前，他不幸罹患白血病，幸得双胞胎哥哥回输造血干细胞相救。

然而第一次移植手术产生排异反应，需要做第二次移植，哥哥嫂嫂又让自己 17 岁的儿子来当供者。"当干细胞滴进我身体的时候，我感受到了一种血脉的相融，那是一种无法用语言来形容的感动。"

近日，身在浙江大学附属第一医院（以下简称浙一医院）无菌仓里的胡毅辗转联系上记者，想通过晚报表达他的感谢，"身边有亲人愿意承受痛苦，无私地来救我，此生足矣"。

一

一切都发生得那么突然。

去年 3 月，在一次义务献血后，我感觉身体有点疲劳，还伴有发烧。因为平时体质还不错，根本没想到去医院检查，单纯以为最近有点累，就吃了点消炎药、退烧药来对付。

没想到这场发烧来得有点奇怪，退下去几天后又烧起来了，反反复复，无法痊愈。

一个月后，我正在单位加班，忽然感到一阵头晕目眩，坐都坐不住了。实在支撑不下去，我到离单位比较近的舟山市中医院就诊。一查血小板，正常值是 10 万—30 万，而我只有 1 万！医生拿着报告单脸色凝重："情况不妙！"他当场叫了救护车把我转送舟山医院。

第二天，骨髓穿刺结果出来了，医生确诊我患上了急性髓系白血病 M1。

这个结果对我来说简直就是晴天霹雳！站在医院走廊，我不知如何是好。年少时曾经看过日本电视连续剧《血疑》，知道白血病是恶性疾病之一，万万没想到我也会得上与剧中幸子一样的病。

无心吃饭，也睡不着觉，我想了很多很多。我的父母，他们都已年老，多么需要儿子的关心和赡养；我的妻子，美丽贤惠，我多想和她一起白头偕老；我的孩子，还没长大，他们多么需要一个身体健康的父亲……

二

然而一切又必须要面对。对于过了不惑之年的我来说，畏惧、恐慌都没有用，我要和家人在一起，战胜病魔。

从那一刻开始，去哪里医治、如何医治，成了家人们时常讨论的话题。通过打听，我们了解到，浙江大学附属第一医院血液科在全国属于一流，我转入浙一医院治疗。

斑驳的墙壁已显陈旧，然而依然一床难求。我住院后先做化疗，副作用也随之出现，恶心，呕吐，没胃口，吃不下饭，特别煎熬。好在有家人们的陪伴和悉心护理，我挺过来了。

医生告诉我，通过化疗，病情得到一定的缓解。然而要想彻底治愈白血病，必须做造血干细胞移植。移植除了高额治疗费外，还要寻找匹配的捐献者供体，供体最好在同胞兄弟姐妹中寻找，如果找不到，就只能去中华骨髓库配型。

哥哥毫不犹豫，挺身而出："我来当供者！"

三

我和哥哥是双胞胎。

小时候，我们兄弟俩一块儿出门，常常被人猜大小："哪个是哥哥，哪个是弟弟？"

初中毕业后，成绩优异的哥哥考进舟山卫校，来定海读书。而我成绩不太好，上了岑港中学。那段日子，我们都在学校寄宿，一星期回家聚一次。

哥哥毕业后，分配到乡镇卫生院当医生；而我高中毕业后入伍，去台州的边防派出所当了一名民警，管理辖区治安，时常去抓赌。

有一回，我哥来台州看我，走进一家小店买东西。正好楼上有人在赌博，一看他那张脸，以为我穿便衣来抓赌，慌不择路从二楼窗口直接跳下逃跑，结果扭伤了脚。

生性淡泊的哥哥，分配到金塘后安心工作，并在那里认识了我嫂嫂，结婚生子。我退役回来后被安置到乡镇，曾在册子、北蝉工作，后调到城东街道。

有了各自的小家庭后，兄弟俩各忙各的，虽然一年到头很少见面，但感情一直很好。

四

我被确诊后，哥哥第一时间赶来，帮我平息了最初的慌乱。他坚定地告诉我，无论发生什么，哥哥都在。

虽然哥哥也是学医的，但医学分得很细，他对血液病原本没啥研究。不过有他在，我安心许多。为了陪我看病，他向单位请了假。只是苦了他，乡镇卫生院本来就人手不足，请的假还要补回来，后来补班就补了两三个月。

医生听说哥哥愿意为我当供者，连说："再好不过！移植后最担心的是排异反应，你们是双胞胎兄弟，相当于自己为自己移植一样，排异概率很小。"

在做了各种准备工作后，我被送进移植的无菌仓。大剂量化疗后，我接受了哥哥的造血干细胞回输。回想起来，我至今仍无法平静，当鲜红的干细胞滴进我身体的时候，我感受到了一种血脉的相融，那是一种无法用语言来形容的感动。

移植手术很顺利，在得病大半年后，我满心欢悦地办理了出院手续，回舟山过了一个和家人团聚的春节。经历了这样的劫后余生，我倍加珍惜和家人们相处的幸福时光。

五

然而，做完移植手术并非一劳永逸，术后的排异、感染风险，让生命就像游移在钢索之上，一不小心又被推入万丈深渊。

在一次复查中，医生发现残留的坏细胞又死灰复燃，"虽然你们是双胞胎，排异发生的概率比较低，但不代表不排异。这次移植效果不是很好，准备第二次移植吧。"

医生的话让我绝望。

消息传开，全家人都动员起来，召开了一次紧急家族会议。亲戚们走在一起，发动全家族的人给我找配对的造血干细胞。按照医生要求，三代家族内的直系亲属都有可能配型成功。

那一刻，我感受到了亲情的力量。散落在全国各地的亲戚们纷纷响应，远在黑龙江、江苏等外省市的亲戚在当地医院抽好造血干细胞，寄到上海配型，舟山的亲戚在这里抽好送到上海，而我，再一次住进了浙一医院，边做化疗边等待配型结果。

六

不久，配型结果出来了，我们送去 6 个人的造血干细胞，其中 3 人配型成功。

这 3 位，一位是我舅舅，50 多岁；一位是阿姨的女儿，30 多岁；一位是我侄子，也就是我双胞胎哥哥的儿子，今年 17 岁。

尽管舅舅拍拍胸脯说："没问题，我随时可以！"但面对他们每个人的善意，我顾虑重重。医生说，年轻的供者造血干细胞质量比较好，阿姨的女儿虽然愿意为我捐献，但她最近准备生二胎，公公婆婆知道后有点顾虑，怕对第二胎有影响。

而我的侄子，正在舟山中学读高二，学业繁重，现在正是他全身心为前途冲刺的时候，我怎忍心开口让他为我当供者？

这个抉择真是太艰难了，它混合着太多的情感、伦理。躺在病床上，我感受到生理和心理的双重压力。

七

嫂嫂仿佛洞穿我心事般，在微信里跟我说了一句话："有我们家元宝在，你安心。"

元宝就是我侄子。看到这条微信，我非常感动。几个月前，嫂嫂支持丈夫为我做供者，现在她又让儿子为我做供者，这场疾病让我体会生命无常，也让我感受亲人间的善意。

在医院治疗的这段日子，我目睹太多太多人间的悲欢离合、喜怒哀乐，既有亲人之间的倾力支持，也有很多悲伤无奈的故事。

有的因为家里实在无钱治疗，选择了放弃；有的找不到匹配的造血干细胞，只能无止境地等待，最后还是没等到；有的找到了供者，对方一开始答应捐，协议都已经签好了，最后没来……

这样的悔捐有时还发生在亲兄弟姐妹之间，倒不是兄弟不愿意，大多数是因为嫂嫂、弟媳反对，最后没捐成的，真的很无奈。与他们相比，我真的很幸运，嫂嫂真的很伟大！

八

这几天，侄子在杭州为我做供者。特意选在暑假，是因为再过一段时间他又要投入繁重的课业中，供完后休息十天半月也好。

给我做完第二次回输后，我问他："两天采下来，感觉怎么样？"他说："我还好，叔叔你放心。"他自己承受痛苦，还反过来安慰我，让我感觉很贴心。

记得他三四岁的时候，有一回我哥哥嫂嫂出门旅游，我来照顾他。当时我还没有结婚，看着他可爱的小脸蛋，忍不住逗他："元宝，给叔叔当儿子好不好？"他摇晃着小脑袋："不要不要！"没想到，有一天他的造血干细胞会输入我的身体，让我获得重生的希望。

现在的我，只能隔着双层玻璃窗，远远张望亲人们的身影。出仓后的存活率也不是百分之一百，我要像婴儿一样被保护起来。

要感谢的人很多，尤其感谢无私的哥哥、嫂嫂、侄子一家，还有生病一年多来寸步不离的老婆，你们受苦了！我是幸运的，身边有亲人愿意承受痛苦，无私地来救我，此生足矣。

萍水相逢的她，温暖了母亲人生的最后一程

倾诉人：胡先生
倾诉时间：2013 年 7 月 28 日

办完母亲的后事，胡先生与妹妹回到舟山。但他们依然时时念起飞云江畔那个夕阳映照下的小院，那里有一座他们心目中最美的养老院，里面有位最美的养老院院长。

一

我的父亲母亲都是温州瑞安人，20 世纪 50 年代来舟山工作，带着我们兄妹几个移居沈家门。在舟山生活了大半辈子，退休后二老一起落叶归根。

我们兄弟姐妹多安家于舟山、宁波、沈阳等地，只有二妹一人留守瑞安。8 年前父亲去世后，不愿与子女同住的母亲一人独居老屋，生活能够自理。

有一回母亲用"热得快"烧开水，忘了装水，热水瓶"哗"地一下红起来，差点烧掉老房子。受了这样的惊吓，母亲便说要住养老院去。

这家养老院规模大、名气也大，二妹一家经常前去照顾，

其他兄弟姐妹逢年过节回瑞安，都会过去探望。这样一住就是几年。

上个月，二妹忽然跟我说，母亲这几天不大好，怕是来日无多。

我火速赶到瑞安，发现母亲吃饭少，不能坐，连翻身都困难。护工用手一推，母亲"哎哟哟"喊疼。二妹看着心疼，四处托人打听有没有更好的养老院。

二

有朋友向二妹推荐飞云养老服务中心。它坐落于飞云江南岸，虽然离二妹家挺远，需要渡江，但里面小桥流水、石椅垂柳，非常安静。

6月30日，我们走进养老院，接待我们的是个40多岁的女子，叫陈婷婷，是这里的院长。听了母亲的情况后，她说，"没问题，你们来吧。"

光凭这句话，我们已经很感谢她了。因为母亲情况已经比较严重，自己不能走，得用担架抬进去，一般养老院是不愿接收的。

再问费用，每月只需1800元，比原来的养老院足足便宜了1000元。

后来我们听说，陈院长的丈夫是做生意的，她从小受到母亲耳濡目染的影响，一心做善事。老人们的费用都不一样，最低才五六百元。这样的收费，注定了她要往里贴钱。

三

7月1日，我们将母亲送进来，陈院长将二楼一间特护室给了我们，有4张床，母亲睡一张，其他床让陪护家属休息，非常方便。陈院长一天跑好几趟，问我们有什么需要。

正是出伏后最热的几天，没有空调成了我们最大的烦恼。但我却开不了这个口。因为我发现，整个养老院都没有空调，包括陈院长办公室。

我们就弄了个电扇，但母亲年老体弱，电风扇不能正对着她吹。碰上这样的暑气，风扇没啥劲道，吹着吹着就成热风。

细心的陈院长发现了，主动开口说："天气这么热，明天给你们装台空调吧。"

我过意不去："要不是你说，我真是张不开口，连你们自己都没装，费用我们自己来。"

陈院长摆摆手说，不用不用。

第二天，师傅上门把空调给安好了，这是整个养老院的第一台空调。

四

就在安装空调的那天，散落在各个城市的兄弟姐妹们先后赶到瑞安，守在母亲床前。人一多，吃饭也成了问题。

最初几天，每到吃饭时间，陈院长会让人把我们的饭菜端上楼来。后来消息传开，前来探望照料的亲属越来越多。陈院长说，10多个人老去外面吃也不方便，直接吃食堂吧。

第一次在食堂吃饭，就弄得我们非常不好意思，厨师做了满满一桌菜。不知道是不是照顾舟山人口味的原因，有鱼、虾、蟹、海蜇等，丰盛得就跟招待自家亲友一样。

一开始以为这一桌就我们一家人吃，我们还说尽量吃光，浪费不好。想不到等我们吃完后，装空调的师傅才开始上桌，吃我们剩下的饭菜。因为人多椅子不够，陈院长就站在边上吃，我们既感动又不好意思，后来几餐就尽量少吃，给院长他们留点菜。

这些天我们吃的几桌饭，我都记在本子上。可是到结账时，陈院长说什么也不肯收钱。陈院长说："这是缘分。因为阿婆住进来，我们才有缘相识。"

五

母亲日渐衰弱。起先几天，还能喂下一碗饭，渐渐地只能喂下半碗、几口。陈院长说："阿婆想吃啥东西跟我说。"

我说，"母亲没胃口，要不弄点粥吧。"陈院长就让食堂专门给母亲另起小灶，买些皮蛋、肉松备着，每天变着法地给我母亲弄各种口味的粥。

新来的护理阿姨是个外地人，刚刚上手没什么经验，陈院长就亲自指导她："没关系，胆子大一点。"一开始我挺纳闷，陈院长年纪轻轻，怎么比50多岁的护理阿姨还有经验？她说，自己30多岁就开养老院，已经开了10多年。初入行时没什么经验，陌生老人临终时，没有帮手只能硬着头皮靠近。时间一久，胆子慢慢练大了，一般的场面都不慌不忙。

六

陈院长心细如发，我们没想到的，她都帮我们想到了。

为了照顾母亲，我们兄弟姐妹几个吃、住、睡都在养老院，但洗澡不是很方便。陈院长看在眼里，没几天就把楼下一个卫生间隔出淋浴房，装上了花洒。

母亲奄奄一息的那两天，陈院长特意安排了一位有经验的老伯住在特护室隔壁，隔段时间就过来看一下，怕我们没经验，下半夜睡过去，不知道母亲是什么时候走的。

7月8日傍晚，母亲有走的迹象。当时陈院长正在亲戚家喝喜酒，一个电话过去，她跟老公搁下碗筷一起赶了过来。

瑞安有个风俗，老人在咽气前要回到自己家。而我们的困难是，老房出租，要让租客在短时间内搬走也不现实，而租客又不同意将房子暂时腾出来给我们办后事。二妹冒着烈日连跑5趟做租客工作都没做通，不得不请社区出面。

陈院长知道后说："没事，我这里也可以搭棚办白事。"

七

7月9日凌晨，年近九旬的母亲溘然与世长辞。我第一个电话就是打给陈院长。她一大早赶来，一边劝慰我们节哀顺变，一边忙前忙后帮忙张罗后事。

凭着经验，陈院长觉得空调威力还不够，需要装点冰块来。我们打算出去买桶，陈院长说："不用去买，省点钱，我去借借看。"大热的天，她一阵风似的跑出去了，一小时后自己"吭哧吭哧"背来一个大桶，又不知道从哪儿弄来几个小桶，满头大汗的也不歇歇，马上又去买来冰块，亲自动手塞在母亲床下。

本来联系好的为母亲洗澡的人，忽然失约不来，这把我们兄弟姐妹急得团团转。又是陈院长说："不用急，我帮你们找人。"

我们兄弟姐妹离开瑞安多年，对白事风俗不太了解，陈院长就跟我们自家人一样，处处为我们行方便。

八

陈院长帮我们一起料理母亲后事的同时，还照顾到院里老人们的情绪。她说，老人对死亡多少有点忌讳，母亲的离去可能会影响他们的心情，所以不要太悲伤太紧张，我们也配合她，尽量表现得从容淡定。

养老院开了好几年，但母亲却只是在里面走的第二个人。我们很不好意思，陈院长说，没关系，人总要走到这一步。以前从养老院回到自己家的老人，她都会去见他们最后一面，上一炷香。这话听得我们很感动。

结账时，我把这些天亲友们在食堂吃的餐费付给陈院长，她坚辞不收，反倒包了 1000 元的红包。原来，按照瑞安当地风俗，母亲年近 90 属于喜丧。当然，我们坚决谢绝。

料理完母亲的后事，我们回舟山前又去了一趟养老院，用一面锦旗表达我们的感恩。陈院长，虽然萍水相逢，但你温暖了母亲人生的最后一程，我们会铭记一生。

老爸

倾诉人：阮奕鸿（化名）
倾诉时间：2009 年 6 月 7 日

　　父亲节前，阮奕鸿找到我们说想聊聊老爸的故事，见面后感觉他有点特别，他有一种不同于其他倾诉者的淡定，以及貌似调侃口气背后的温情。

一

　　从小到大，我都不是一个适合读书的人。无论挑灯夜读到多晚，成绩总是在中游徘徊。可能是缺少这方面的天赋吧，再怎么努力成绩也上不去；不过有了老爸的"催命鞭"，我想稍微松懈一会儿都没机会，所以一般垫底也轮不到我。

　　这里得说说我爸妈。我妈爱啰唆，堪比大话西游里的唐僧，而我爸就是个火暴脾气，两人没事儿就在一起吵架。

　　不过这已经不重要了，他们在我上小学时就离了婚。小时候的我不懂事，心想离了就离了呗，省得两人在一起老吵架，现在两人分手了，还少一个人管我。

　　爸妈离婚后，我跟着老爸过，两个男人过日子肯定不如人家正常家庭，再说老爸的收入不高，加上离婚后心情郁闷，又要抽烟又要喝酒，一个月花销挺大。常常是月初发工资的时候带我下馆子，没钱的时候就在家里吃酱油拌饭。

我也是这样的，有钱的时候挺会享受生活，没钱的时候也能将就着过，吃饱穿暖就成，所以也没啥怨言。

后来我爸又给我找了个后妈。看多了白雪公主、灰姑娘那些童话里心肠歹毒的后妈，我也把她想象成老巫婆那种角色。可能是把她预先想得太坏了，在一起生活后反而找不出她的不好来。具体的好我也说不上来，反正她没干过让我吃毒苹果之类想害我的事。

二

日子一晃就这么过去了，转眼我就要高考了。老爸自有我后妈照料生活后，就有更加充沛的精力专门来管我的学习。

虽然不喜欢读书，但我很喜欢读"闲书"，那些在老爸看来乱七八糟的书能让我看得废寝忘食，这也是我的写作在班上数一数二的原因——不吹牛地说，高中时的我曾经在舟山市的作文比赛中得过奖。

回头再来说看闲书，这也是要讲究技巧的。我每次看这种书，表面上都装作很乖的样子——比如晚上在家复习功课，英语书后面放一本《故事会》，一边留神老爸的脚步声，听到有皮鞋声"噔噔噔"响起，不管他继续看我的；要是脚步声朝我这个方向走来，我就把英语书往《故事会》上一盖……

脚步声常常在我房门口停住。老爸看我读得专心，也不打扰，皮鞋声便自近至远地消失了。我听身后没动静，又抽出底下的《故事会》，继续看得聚精会神，绝对比上课还认真。

三

老爸虽然读书不多但心明眼亮着呢，无论我做得多隐秘，结果还是经常"穿帮"。

好几次，老爸都会冷不丁来翻我房间那个装报纸杂志的大箱子，我有时编谎搪塞他："有啥翻头啦？都是老早以前买的杂志。"

老爸也不是那么好糊弄的："老早以前买的？要不是你新买的，箱子的东西会越积越多啊？书报都快溢出来了。"

有时运气差，当场被他翻出最近的几期，他会把报纸杂志"啪！"地往地上一摔，"你睁大眼睛看看上面的日期，这个礼拜新出的报纸，你要是没买，它自己长腿跑我们家来啊？"然后少不了一顿教训，这让我特别郁闷。

后来，我花了很大的力气终于考上了上海的一所高职院校。老爸把我从定海送到上海，临走前给了我 1000 元钱。他前脚刚走，我立刻就跳了起来："终于可以摆脱老爸的管束啦！"

四

开学后就干了件令我老爸挺高兴自豪的事——我当上了班长。

我是以第一名的成绩考进的，与第二名差了几十分，优势相当明显。班主任是女老师，很年轻。我正在寝室里铺床时，她进来了，看到就问我："给你个班长干干，你行不？"

我听了有点蒙。从小到大还没当过班干部呢，弄个班长当当，不是挺威风的吗？就回答她说，"你让我干，我就干呗。"

想不到老师立刻就给我派任务了："那你回头带大家把教室打扫一下。"

班主任刚在寝室给我派任务，我一到教室就上任了，"那个谁谁谁，你去扫地；谁谁，你去擦桌子……"。人家都用奇怪的眼神看我。

干完后班主任问我："感觉咋样？"

我说："一般般吧！"

她说隔壁寝室有个某某，跟你一块儿当班长，谁当得好谁就转正。我听得差点没哐当一声晕倒，当个班长还要竞争上岗啊，我干脆退出算了。

给我爸打电话的时候向他报告了这事儿，老爸扯着嗓门骂我："千万别退出，你得好好表现！咱家很多年都没出过当官的了，你小子可得给我争口气啊！"

<h1 style="text-align:center">五</h1>

我爸对我挺"抠门"，说好一个月给我多少就是多少，多加1块钱都不肯，开口向他要钱准遭他骂。

网络这东西真是太伟大了。我疯狂地迷恋上了，还在网上认识了山东潍坊的一位姑娘，我们两人整夜整夜地聊，我骗她说是浙江大学的——别笑我，男人也有虚荣心。

我们什么都说，我曾送她一对流氓兔，她送我一对潍坊风筝。她问我什么时候过去，我说等有空吧。其实我特别想过去看看她，就是身上没钱。我爸每月给我的钱哪够啊，不敢向家里张口，就向同寝室的哥们儿借，等下个月钱到位再还他。

因为老爸的"抠门"，那段网恋无疾而终了。

毕业后的我回到丹山，现在有一个爱我的女友、一份稳定的工作。有时我会想，如果不是老爸当初那么凶地逼我读书、逼我当班长，还这么"抠门"，我的人生会不会是另外一副样子？

虽然我从来没跟他说"我爱你"——那太肉麻了，但我真的从心眼里，爱他。

你们只管放心大胆地救妈妈

倾诉人：赵姐
倾诉时间：2018 年 4 月 11 日

赵姐庆幸，遇到这么敬业的医生，拥有这样的家人，和谐的
医患关系、家庭关系，让他们把妈妈从死神身边抢了回来。

一

那天我妈像往常一样出门早练，回来吃早饭的时候感觉不舒
服，吐完后还是有点头晕，我妈便让陪护小夏去拿通讯录，想打
电话给一个熟悉的医生朋友，结果小夏回来，发现我妈脸色不对
劲，马上通知了我大弟。

大弟住得比较近，等他赶到，我妈已经不省人事。

还好大弟比较镇静，他一边让小夏赶快打"120"，一边给妈
妈做心肺复苏，摁，使劲摁，摁了大概七八分钟，妈妈缓缓吐出
一口气，醒了。

救护车也到了。妈妈穿戴整齐，大弟扶她走进电梯，没想到
妈妈"哐当"一下就倒了。保安把我妈背到救护车上，送到附近
医院，医生确诊是心梗，必须马上送舟山医院。

二

照理说，心梗病人马上要做照影、安支架，但我妈已是 80 多岁的老人，脉搏微弱、血压太低，做不了。医院拼尽全力抢救，情况还是没有好转，医生跟大弟说："你们要做好最坏的打算。"

大弟将近 60 岁的人，一听这话就哭了。我和小弟都在外地，火速买了机票往舟山赶，大弟恳求医生："无论如何救救我妈，坚持到我姐和我弟到，让他们见妈妈最后一面。"

医生没有放弃，为我妈打了强心剂，一直救一直救，眼看心电图变成一条直线，慢慢又变成了曲线。妈妈是上午 9 点多发病的，一直抢救到下午 5 点多，指标开始平稳，医生说，可能血管有点通了。

三

当时曾想送我妈去杭州或宁波的医院，考虑到杭州路程比较远，舟山医院派了救护车，帮我们联系了宁波的医院，结果送上救护车后，我妈又不行了，各项指标往下掉。一看宁波到不了，我妈又被送回舟山医院，半夜转到重症监护室。

那些天，我们就在 ICU 门口守着，一看医生出来就拽住他们问："我妈怎么样了？"当时感觉整个心是揪起来的，要是医生肯跟我们多说几句妈妈的病情，我就多几分安心。那种无助的感觉，只有经历过的人才能体会。

专家会诊后，提出两种治疗方案。杭州的专家认为要抢时间，尽快做心脏支架，要是血管再堵一下的话，就真的没希望了。舟山医院的专家认为，马上放心脏支架的风险非常大，我妈有可能在手术台上就走了，等恢复得好一点再做。

我们也很纠结，两种方案都有风险，选哪一种都有可能留下终生遗憾。后来我们决定听舟山医院的，因为妈妈几十年前患肺癌，就是在舟山医院治疗的，当时已经创造了一个奇迹，我们对舟山医院相当信任。

那时候我们是这样想的，哪怕妈妈醒来已经不认识我们，或者腿啊手啊哪个部位没法动了，只要她能跟我们笑，我们就已经很知足了。真的没有奢望，我妈能恢复到今天这个样子。

结果证明，舟山医院的方案是稳妥的，手术做完以后，妈妈恢复得一天比一天好。

四

妈妈在 ICU 的 13 天，我们家属没法进去，只有每天下午 3:00—3:30 可以探视，就半个小时，大家都在问医生，话也插不进。

ICU 的邓杰主任说话非常沉稳，也非常严谨。我问他："我妈今天怎么样？"他说："还平稳。"我理解他，想安慰但也不能骗你，因为我妈还静静躺在那里，能救治到什么程度不好说，他也不能乱说。

在 ICU 的最后一天，我妈拔掉了呼吸机，我才看到邓主任发自内心的微笑。

前天，邓主任还特意来看我妈，我有一种想要拥抱他的冲动，像看到很亲的亲人一样。他上来提醒我们一些要注意的事项，因为妈妈抢救的时候用了心肺复苏机，一次不能超过半小时，否则肋骨要打断的，他提醒我："你妈肋骨可能受伤，做 CT 的时候让医生看一下。"

五

在所有人都不看好的情况下，医院奇迹般地救回了我妈。

妈妈的主治医生是心血管内科副主任方波，每次我去找方医生，他都跟我解释得很清楚，把化验情况给我看："通过这个指标的分析，你妈的肾脏功能、肝脏功能在恢复，情况开始变好……"他的话给了我们很多信心，让我们特别安慰。

心内科的陈国雄主任来看我妈，鼓励她："老太太，您至少还能活十年。"

我不知道怎么表达谢意，就想做几面锦旗，虽然有点老套，但就是发自内心想感谢他们。

重症监护室是一个和时间赛跑的地方，所以我做了一面"与时间赛跑 创生命奇迹"的锦旗；心内科是守护心脏的，所以把"以心为灯 守护生命"送给了陈国雄主任及全体医护人员；"医德可敬，医术可信"是送给方波副主任的，因为感觉他很朴实，值得信赖。

六

中医里有一句"治病六不治"，其中一句是"不信医者不治"，讲的就是医生跟患者之间要有很好的沟通，医生又不是神，不可能包治百病。

当时会诊后他们让我们决定用哪种方案，我说我相信舟山医院，妈妈得肺癌时是在这里动的手术，爸爸当年肾不好也是在这里治的，"你们做什么我们全力支持，将来就是妈妈救不回来了，我们不会有一句怨言。你们只管放心大胆地救妈妈。"

我还得感谢家人。两个弟弟任何时候都听我的，比如有时医生征询家属意见，我要马上答复怎么办，弟弟们说："姐姐你做主好了，都听你的。"

妈妈生病的时候，我在家庭群里说："为了妈妈，我们这个家不能散，越是这种时候，我们更加应该团结在一起。"

大弟每天自己亲自动手给妈妈做饭，小弟每周末都会飞回来探望妈妈。和谐的家庭关系，让我在做决定的时候，可以勇往直前，无须犹豫。

明天妈妈就要出院了，我很庆幸，遇到这么敬业的医生，拥有这样的家人，我们并肩战斗，终于把妈妈从死神身边抢了回来。

梦回老家

倾诉人：正隆

倾诉时间：2016 年 11 月 2 日

对正隆来说，家是生发地，是根。

沐浴在夕阳的余晖里，他用最真实的回忆唤起听者的情感共鸣，"回望过去，最怀念和感恩的是父母。谢谢了，我的家"。

一

一觉醒来，梦回老家。

"嗒嗒嗒……"听见父亲床头闹钟一下下有力走动的声音。父亲每晚睡觉前，总把闹钟发条旋得紧紧的。不用猜，时间总在凌晨三四点左右，窗外天还蒙蒙黑，母亲早已挑着一担垃圾或便桶上山了，天快亮时挑着满满一担蔬菜下山，准备到街上去卖。

又听见父亲熟悉的长长的叹息。从心底发出的、显得沉重的叹息，犹如一头快累坏的牛的哞声。父亲总是和衣而睡，起身吸袋烟便起床烧饭了。菜刀切番薯的嚓嚓声、拉风箱的呼呼声，此起彼伏。天色渐亮，传来猪嗷嗷的叫声和鸡翅膀的扑腾声。母亲进屋，抹抹汗水，催促我们起床了。

父亲烧好早饭、猪食，穿着几乎一年四季不变的衣服，提着饭竹筒上班去。饭竹筒里的小菜，有时仅是一点炒盐。母亲在屋里风风火火，给猪、鸡喂食，一边给子女分派任务。其实不用吩咐，每人都有固定任务。

大妹几乎担负了母亲一半的家务，照顾弟妹、烧饭、洗衣服。至今想起大妹，脑海总浮现她小小的身体在小道地洗着一大桶衣服的情景。

二妹外敦内秀，姑娘家的也不怕难为情，挑粪桶上山、种地、卖菜、喂猪样样干，大步流星像假小子。她个性随和，后支边插队表现优秀，被推荐上林学院，事业上巾帼不让须眉。

阿弟活泼调皮、聪明伶俐，是邻居小伙伴中的"带头羊"，读小学时就参加了文艺宣传队，父亲说他"装狗装猫"很是喜欢。在哥和我都离家读书的几年里，阿弟是家里唯一的劳动力，什么都干。去沈家门墩头淀粉厂拉猪饲料，这是重活，母亲和我们兄弟姐妹一起出动，车子有千把斤重，我在时我拉、我离家时阿弟拉，母亲和几个妹妹在后面推。路过沈家门宫墩那条陡陡的斜坡，车子滑下来不受控制，好几次心惊肉跳险些翻车，后来改道从新街走，路平坦了，也远了。

小妹年龄虽小，但也像阿弟一样聪明伶俐，陪着母亲在小队务农。

二

我家有口"神仙灶"，父亲做豆腐时留下的，是别人家少有的长长的三眼灶。头锅是人吃的，第二锅猪食，第三锅热水。我往灶头看去，妻子腆着大肚子拉着风箱往灶里塞着柴草。柴草有时是湿的，灶头吐出团团浓烟，呛得妻子一把鼻涕一把泪。我刚结婚时和父母住在一起，妻子也当起农家媳妇，在家负责一日三餐。虽不是金枝玉叶，但妻子也是城里姑娘，嫁到农家很不容易。

农家的活儿就是多，一年四季都干不完：春天收豆子，母亲分给每人一大把豆秆，我们兄妹围坐着摘豆角；秋季收五谷瓜果，我们上山摘番薯叶、晒番薯干；冬季收花菜、大白菜，我们绑上绳子上街卖。待刮起西北风沈家门渔船拢港时，母亲挑着菜到船上去兑鱼。当我们围着吃热气腾腾的带鱼萝卜羹时，哪知道母亲在海上这船跳那船兑鱼的艰辛。

我们兄妹最享受的，就是雨天在家看书了。家里很静，每人都拿一本书看。那时书很少，仅有的几本，翻来覆去都看好几遍了。

找零食吃更有乐趣，零食都是农家自产的天然食品：玉米、高粱、番薯干、南瓜、花生、黄瓜，炒、晒、煮、爆……虽然都是卖剩下的，但现在超市的各种美食仿佛都还比不上呢！中午放学回家，我迈进门，母亲掀起热气腾腾的锅盖，把几个带柄南瓜先挑出来给我解饿。中饭后，往灶里再加把火，我们兄妹抢着铲锅巴吃。

入夜，父母展开杭州读大学的哥哥的来信，疲惫的脸上露出少有的笑容，这也许是父母最欣慰的事了。后来哥哥工作，寄钱给家里补贴家用，父母更高兴了。

三

"正隆，醒醒，正隆，醒醒"，睡梦中听见父亲的叫声，感觉父亲的手还在摸我的脸，忽然记起父亲说晚上做豆腐让我去烧火，便一骨碌从床上爬起来。

说是床，其实是地板，那时家已从沈家门泗湾搬到新街转角的二层楼房里，隔壁是裁缝社和税务所。父母后来说起搬家原因，有地痞往门缝里塞敲诈信，要父亲在约定的时间地点放好钱。父亲照办后感觉住在城郊不安全，就搬到街中心了。

父亲是温州乐清大荆镇人，十岁丧父，他是长子，为挑起生活重担挨家挨户收鸡蛋到集市上去卖。后被邻居带到普陀山当学徒做豆腐，成年后到沈家门做豆腐生意。

父亲带我走到大井头旁做豆腐的茅草屋，一手拉着竹竿转磨，一手拿碗往磨心中倒黄豆，磨杆发出有节奏的"吱啦吱啦"的响声，在昏黄的油灯光下，投射在茅草屋顶上父亲高大的影子一晃一晃地摇着，白色的豆浆落入木桶，激起朵朵白色涟漪……我常常看得出神。

做豆腐的三眼神仙灶，烧的是砻糠，没有砻糠时烧树叶。我人小不够高，要站在小凳子上，用小木棍不停拨树叶往灶口塞，有时树叶连着小树枝，不用点力气塞不下去，我烧得满脸通红。树叶有时湿乎乎的，一阵倒灌风，把人呛得满脸眼泪鼻涕，有时头发还被火焰烧得卷起来。一夜火烧下来，身上沾满了砻糠、树叶末子，母亲在我身上一阵乱掸。

父亲为奖励我烧火积极，会去对门米面厂买来新鲜米面，放在最后一锅热水里烫一下，浇上酱油给我吃，我有时觉得很好吃，有时睡意蒙胧，不知不觉就睡着了。其实我最喜欢的还是煨番薯，父亲在灶头放了很多小番薯，我把番薯扔进火热的灰堆，一边烧火一边煨，不时用火叉翻动。煨出油的番薯，又焦又甜又香。

夏天，我烧好火后，父亲把竹藤椅放在对面米面厂小道地上，我睡着竹藤椅望着天上的月亮，看它一会儿被云彩挡住，一会儿又从云朵中钻出来。"神仙灶"烟囱上窜出一闪一闪的火星，草屋里传来黄糖炒焦的气味，父亲在给豆干着色了……我睡着了。

四

父亲的豆腐摊生意不错的时候，我会做小快递员，从家里拿一串串油豆腐送到摊头，然后拿着父母奖励的钱，去买油炸萝卜丝虾饺，有时也到家对面的年糕店买年糕团吃。老板有个儿子同我差不多年纪，我们常常一起玩，初中时还成了同学。我会翻跟斗、打虎跳，一次动作过猛，翻跟斗时头先着地眼冒金星，疼得眼泪都出来了，他忙拿来年糕团安慰我。

那时大妹还小，母亲有时卖豆腐也背着大妹，用根带子绑在背上。有时大妹还睡着，母亲就叫我在家看管，醒了摇摇篮。有一回，我顽皮地越摇越快，"砰"一声摇篮倾覆倒地，正好姨娘在，赶忙过来抱起小妹，还好有被子盖着没伤着，我着实吓了一跳。

台风天的生意特别好，父亲会早早收摊洗刷豆腐架子。

父亲有个徒弟，小个子、很风趣，喜欢看戏唱戏，经常让我骑在他的脖颈上到戏馆看戏，买花生、瓜子给我吃。散场时，又把睡得昏昏沉沉的我背回家。

一天，我正在年糕店玩，母亲忽然来叫我，要我与哥哥一起去照相。先拉我到家里换衣服，我穿上母亲做的镶有白边的背带裤，换好衣服找鞋子，但布鞋子几乎都有破洞。

照片洗出来了，哥哥穿一身学生装，三七分头、校徽、钢笔，我很羡慕他戴的校徽。

这是母亲留给我和哥哥的宝贵的童年影像记录。

五

新街的家里有台缝纫机，每逢过年母亲都会为我们赶制新衣。春节也是豆腐生意最忙时，母亲常常除夕深夜还坐在缝纫机前，大年初一清早钉上纽扣，为我们穿上新衣服。有一年，母亲给大妹缝了粉红色虎头帽，帽檐和两只虎耳朵镶有白色绒毛，非常漂亮。

房间小，我睡地板，常有老鼠从被子上爬过。听母亲说起小孩睡觉被老鼠咬去耳朵鼻子的新闻，我很害怕，总是蒙着被子睡。

我们的豆腐作坊和对面米面厂都是茅草屋，每年新稻草上市时，两家都会换新草。父亲买来毛竹、稻草，叫上邻舍篾匠和帮工，往屋顶上盖。这也是我和邻舍小孩最忙最快活的时候，学着打草绳、打草扇，大人夸我们打得好。干活时大人说说笑笑，我们小孩嘻嘻哈哈拿稻草玩，场面非常热闹。

后来我们家从新街搬到茅草房，一间小瓦房改当睡房，靠南边板壁放着床，吊有蚊帐，我和母亲睡一床。板壁缝很大，早晨阳光和冷风从板缝中钻进来。我醒来后母亲会教我认字、读书、数数，但多数时候母亲都不在。听见草房有嘻嘻哈哈的笑声，我睡眼惺忪地走过去，见母亲、哥哥等围着竹匾用咸草串油豆腐。母亲从竹匾里拿油炸番薯片给我吃，我便一起串油豆腐，听故事。

茅草屋里有蜈蚣，也容易引起火灾。经姨娘介绍，父亲买来酒坊屋架子。建房时非常热闹，屋架子拼好后，大家齐喊用力，抬起屋架，在木柱子下垫好隔潮的圆石礅，我围着新屋柱子团团转。

新屋建好后，瓦房屋顶有玻璃天井，可以看见蓝天白云。冬天下雪，玻璃天井积起白白的雪，给家增加了安谧的气氛。后来回忆往事，父亲说做了一个梦：乘船在海上漂泊，忽然一阵风来，把他送上岸。

从此，父亲在沈家门大井头边安居乐业，家旺事业兴。后来在南边小屋旁又租了一间大房间，有地板、天花板，我们都搬到大房间住。以后父亲又陆续买下整栋房子、地基，为养猪买了几亩山上薄地。大房间里陆续迎来了二妹、阿弟、小妹。

合作化后，因家里有几亩土地，母亲放弃进裁缝社当职工的机会，成了泗湾农业大队戚家湾小队的社员。最饥饿的三年，正是母亲带着我和哥哥在月光下开荒种薯，全家没饿肚子。

父亲后来加入水作社，1958 年改行到蔬菜商店工作。因为勤劳能吃苦，被派到蔬菜加工厂担任厂长，但我很少听到有人叫父亲厂长，都叫"清理师傅"，沈家门有名的豆腐郎。

当时沈家门有两个占地面积最大的厂，一个是鲁家峙的水产加工厂，厂房外有不知多少亩的晒鱼场地。另外一个，便是沈家门墩头的父亲的蔬菜加工厂，除有腌咸菜的地槽、大缸的房子外，有一片很大的晒菜场地。

沈家门附近农业生产队的蔬菜都送到这里，加工成咸菜、萝卜干、酱菜、糖醋萝卜等。与父亲打交道的，多是生产队的农民及补缸匠、补竹席箩筐的篾匠、补地槽的泥工等，父亲待他们都很好，并告诉我，对手艺人不要还价。

后来我成了"老三届"无业在家，一段时间也到父亲的蔬菜加工厂做家属工，跳过地槽腌咸菜。家属工里小年轻很多，身手灵活，我显得笨手笨脚，父亲不时安慰我。

六

20 世纪 80 年代改革开放后，父亲从报纸上看到黑龙江省省长接见豆腐郎，说又可以做豆腐了。当时的父亲已 70 多岁，虽退休多年，还是重操旧业，请了十几位员工，日夜生产还来不及，成为沈家门最大的水作个体户，多次获评优秀纳税人。

在父亲手下做豆腐的员工，学到技术后有的自己开店，勤劳致富，成家立业。

1988 年，父亲分给我们每个子女一万元。20 世纪 90 年代老房拆迁，每个子女又分得一套。父亲为我们子女打下了良好的生活基础，真是"积善之家必有余庆"啊！

都说人间有三苦，撑船、打铁、磨豆腐。但父亲并不觉得苦或这行业不好。父亲说，几斤黄豆即可做豆腐，本钱小、返本快；室内工作，不畏寒暑；干得饿了，还可喝豆浆吃豆腐。父亲还说，卖豆腐没有比沈家门更好的地方了，鱼汛季万船云集，一条船就是一个食堂，渔民来买豆腐都是十斤二十斤拿箩筐来装。父亲虽毕生喜欢做豆腐，但不愿子女干这行，他希望我们有更好更体面的工作。

母亲对清明、冬至等节气非常重视，总要备一桌酒菜祭祖，叫我向阿娘阿爷、外公外婆磕头。有时被母亲叫到灶头烧火，我不高兴，母亲用舟山顺口溜批评我："癞头哎，来牵磨，磨担拿勿动。癞头哎，来烧火，火叉寻勿着。癞头哎，吃汤果，呵呵呵，汤果最好多两个！"尤其是冬至，母亲一边搓着汤果，一边念起这首民谣，教育我们不要做好吃懒做的人。

我们子女不相信这一套，也不熟悉旧礼仪，母亲晚年一直担心过世后吃不到羹饭。后来妻子学会，母亲放心地说，以后好到正隆家吃羹饭了。

七

摸摸身边空空的，哥哥已去杭州读大学了。床头"神仙灶"烟囱上，哥写的几个大字"时间就是胜利"还在，哥贴的俄语动词词缀表还在。想兄弟俩一床睡时，有说有笑，有打有闹。哥常说起同学间发生的趣事，到食品厂勤工俭学剥橘子，手指脱皮了；下乡支农挖番薯吃番薯饭，晚上睡大地铺笑声不断……一天，哥高兴地捧来奖状，原来参加学校民兵集训实弹射击打了个满堂红，县人武部发了大奖状。

哥有时把得意的作文眉飞色舞地念给我听，一次他读描写家乡变化的作文，文中他把自己变作一朵云，"云视家乡"。哥还把最近看的书说给我听，我听得如痴如醉。哥买来《呐喊》《鲁迅评传》《海涅传》，我看得爱不释手。我也偷偷看哥借来的书，他看完了我也看完了。

兄弟俩也有打闹的时候，入秋天气转冷，半夜冻醒，被子多半被哥卷了去，于是扯来扯去，棉絮也被扯了出来，免不了挨母亲的骂。

1962年，哥考上大学，普陀中学那届只考上3人，在当时可是大新闻，父母单位同事都来祝贺，父母红光满面了好几天。

同年秋天我升初中。10月一个阴冷的晚上，母亲突然对我说："正隆，明天你不要去学校读书了。"我有点懵，母亲说："家里困难，还是早点找工作。"第二天早上，我趁母亲不在，照常到学校读书去了，但上课时心里七上八下的，回家就挨了母亲骂。第三天早上，我要背书包上学，被母亲拦了下来。我哭闹了几天，班主任也来家劝学两次，父亲黑着脸说家里孩子多，实在供不起。老师见父亲坚决，便不再来。我哭闹赌气，但也像"黔之驴"，叫几声、踢二下，黔驴技穷，乖乖就范。

八

失学在家，只有托亲戚找工作。那时亲戚多撑船，父亲说危险，没让去。我就在自家小土地干些农活。烧饭需要柴草，附近山上柴草都砍光了，母亲带我去沈家门路下沙姨娘家山上砍柴，路远山高，柴草也很少。母亲便砍点小松枝，特别重，我挑回来，腰酸背疼好几天。我还偷偷写信给河南嵩山少林寺，想去那里当和尚，但一直没收到回信。

当时农贸市场比较活跃，母亲买来鱼货叫我跟勾山姨爹去上海贩卖，卖掉鱼后再买些黄豆及做被面的花布回来。后来母亲自己带我去宁波卖鱼买豆，一般在宁波住上一夜，就住在老钢桥边上的小旅馆里，晚上汽车驶过，旅馆门口垫的一块钢板啪啪作响，一夜没睡着。为了赶路，母子俩经常买些烤红薯、奉化芋头。

父亲还教我孵豆芽。我年轻，经常睡过头，父亲常常半夜起床帮我浇豆芽。天还没亮，我便洗好豆芽挑到街上卖。一开始碰到同学很难为情，但日子一长也习惯了，一些同学的妈妈夸我豆芽好，成了老客户，每天等着我挑豆芽到她家门口。

哥知我失学，也很无奈。知我喜欢读书，鼓励我自学也能成才。除了自学哥哥的中学课本，我还学习哥从杭州寄来的书，其中《中学生修辞例话》《怎样写记叙文》对我后来作文帮助很大。

一起失学的还有邻居小魏，他家有收音机，我和邻居小潘经常到他家去，三人一起听电台上课。《七根火柴》《粮食的故事》等课文在电台中播得声情并茂，至今回忆起来印象深刻。小魏有他哥读完的几本大学语文教材，书里系统介绍了鲁迅、瞿秋白、茅盾、丁玲及高尔基等国内外作家的文学作品，我如获珍宝。

我看的书比较杂，很多是从旧书摊和废品收购站买来的，我圈圈点点读得津津有味。小魏有普陀文化馆借书证，我蹭他的书卡看了很多文学名著，如高尔基三部曲《童年》《在人间》《我的大学》，马雅可夫斯基阶梯诗《穿裤子的云》《列宁》《好!》，还看了茅盾《创作的准备》，高尔基《给青年作者的信》，做起文学青年的梦。木心说："文学是人生必备的武器和良药""文学会帮助你爱，帮助你恨，直到你成为一个文学家"，文学成了我的心灵良药。

自从看了梅林的《马克思传》后，我喜欢上了哲学。在家自学时，我读了很多哲学名著。1967年，在舟山中学图书阅览室，我作为学生代表做了一次发言，很多老师点头赞许："没想到一个中学生能写出这么有理论深度的文章。"

1964年春节，邻居小潘到供应店工作。父亲母亲听说后对我说："正隆，你还是再去读书吧。"我说不上高兴，已经麻木了。第二天我找到学校，教导主任爽快同意我复学。

一年失学，更觉坐在课堂读书的可贵，学习更加努力，成绩总保持第一名，还担任班干部并负责墙报编写。写在校黑板报上的一篇文章《我们失去信心了吗》引起轰动，语文老师还布置同学写读后感。

九

1965 年夏，初中毕业的我迎来人生新的转折点。那年正好空军招飞行员，学校组织体检，最后入围 7 人。我们夜宿县人武部，半夜验血。军医说我们当海军陆军合格，空军不行。

父母千叮咛万嘱咐，家中生活困难，中考填志愿不要填高中。

一天，校长忽然把我叫到办公室，嘱我填解放军 113 护校，这便成了我的第一志愿；第二志愿是舟山师范，父亲喜欢的；第三志愿是舟山卫校。填好后还未上交，副班主任刚巧来班里，有同学问，第一行只有舟山中学，其他学校都划在第二志愿是什么意思？副班主任说，舟山中学是重点中学优先招生。有同学说这么难考，填着也没关系。我原本已填好，听他这么一说，想反正考不上，笔头生痒，忽然无厘头在第一行空白栏填上了舟山中学，浑然忘了校长的推荐和父母千万不要填高中的嘱咐。

同被推荐的两位同学早早收到通知上 113 护校去了，其他同学也陆续收到师范、卫校、技校和其他高中通知书，我左等右等没收到。到学交去问，遇见从定海参加中考阅卷回来的老师，说我被舟山中学录取了。我如遭到当头一棒，回家不敢告诉父母。果然，收到录取通知书后，我挨了父母一顿骂，说即使读高中也该在普陀读，怎么跑去定海，增加家庭负担。

离开学没几天了，父母还没松口。邻舍亲戚知道我考上舟山中学，都向父母亲道贺，说应该高兴，怎么能放弃呢，人家孩子还考不上呢。父母只好同意。

　　填报志愿时的一念之差，我错过了做军医的机会，更没想到后来成了"老三届"。人生总是充满不确定性，如果那天副班主任不来，或者学生不问，又或者我没听见，我的人生可能又是另外的情况了。

　　我十分怀念初中时光。沈家门中学原称民办渔光中学，老师们大多毕业于舟山中学，年轻有朝气，与学生亦师亦友，讲课很有激情。教学质量不输普陀中学，中考升学率多年名列前茅。学校教育与生产劳动相结合，我们到食品厂剥橘子、到鲁家峙晒鲞、到朱家尖挖棉花沟、到普陀山植树……学校绘画比赛，我临摹墨竹、鸭子、飞鸟得了奖。毕业前夕，我参加了班级排演的"智取威虎山"，扮演了坐山雕麾下的八大金刚。

　　一觉醒来，半个多世纪过去了，但回想起来如同昨日，还是那么真切。

CHAPTER 6

一座城，一些人

"江南渡"老船长眼中的渡轮背影

每一座跨海大桥的通车，都会让桥下的渡轮"退隐"。如同承载江南人出行记忆的"江南渡"，因为它是渔村人进出高亭的唯一通道。它曾经繁荣，但又随着高亭至江南公路的建成通车而退出历史。

城市的生长如同植物，春华，秋枯，冬藏。在岁月的流逝里，连接着两岸的老轮渡，成为老江南人记忆中不可或缺的一部分。他们忘不了曾经属于轮渡的热闹，更忘不了那个会画画的老船长。

乘坐"江南渡"，来往高亭、江南之间

江南位于岱山，是一个与高亭隔水相望的小岛，岛上有户籍人口1000多人。因为是个渔业村，岛上居民多以捕鱼为生。

村里有小店，平时想打个酱油、沽点老酒、买瓶米醋没什么问题，但要想买米、买煤、买日常生活用品或扯布做衣服，就必须得上高亭。

蔡成世生于江南，长于江南。自他记事起，江南村已经有了过渡木船，祖辈们乘坐木船来往两岸之间。随着岛上居民与高亭交通来往日渐频繁，承载村民出行需求的渡轮"江南渡"日渐

繁荣。

蔡成世是 1978 年开始掌舵"江南渡"的。此前，他沿袭了祖祖辈辈的职业，17 岁时就下渔船去捕鱼，从船上的厨子一直干到船老大，这一下海就是 10 多年。

从内心来讲，蔡成世并不太喜欢渔民这一职业，一出海，起码十天半个月："苦嘛，家里没得来。"他还是比较恋家的："有人喜欢待在船上，而我不喜欢，总觉得 20 来天不能回家，离家时间太长。"

于是，蔡成世跟村里主动要求，去撑"江南渡"。

10 分钟船程，一眼就能望到对岸

蔡成世在渔船上就是做老轨出身的，所以一人身兼多职，一开始船上只有他一人，再配个年轻小伙子做打缆水手。1985 年开始，又配了个老轨，船上就有 3 个人。

渡轮早上起码 5—6 个班次，下午至少 3—4 个班次，忙不过来的时候还要加班。每天最早的船班是 6 点开航，蔡成世 5 点多在家里扒口早饭，就匆匆往渡轮码头赶。

早起的男女老少已经候在渡口等他，提着菜篮的、挑菜的、背娃的、推自行车的、背着书包去对面高亭读书的……码头上人挤人，好不热闹。

从江南渡口到高亭，只有 10 分钟的船程，一眼就望得到对岸。轮渡一靠岸，村民们推着自行车、提着菜篮子呼啦啦地涌下船。

蔡成世趁着下一班船开航的间隙，拿出画笔，坐在船头描起画来。画木船，画铁船……每次渡船"更新换代"，他都会画下"老伙伴"最后的背影。

在蔡成世掌舵渡轮的这段时间，"江南渡"的名字没变，但船一直在更新换代。从最早的小木船到机动的轮渡船，蔡成世的

"老伙伴"不断变换。

变换的码头，不变的只收单程船票

停靠的码头也非一成不变。"江南渡"一开始停靠高亭小蒲门部队码头，后来停靠过蓬莱阁附近，再后来，岱山饭店门前、煤气公司附近等都有停过。

停靠地点的选择，自然有它的理由。因为当时的交通工具不像现在这么多，停靠在其他交通不便的地方，会给村民采购、运输等带来诸多不便。

当时负责海上监管的华志波记得："在我管理'江南渡'的1988—1989年期间，它停靠在岱山烟酒糖业公司附近，那边相对来讲比较繁华，交通挺方便。"

撑渡轮的收入微薄，蔡成世开始撑的时候，2元一天，60元一个月。

不过船票对村民来说还比较实惠。"第一年的时候，船票1角2分钱。"蔡成世记得，船票只收单趟，"从小蒲门部队码头上船时收船票，从江南出发就不收，直接上船就能乘。"

慢慢地，船票随着物价水涨船高，从一开始的1角、3角、5角变成1元、2元，但只收单程的钱这个规则，始终没变。

24小时候命的掌舵人，掌握全岛出行"命门"

一年365天，每天24小时候命，蔡成世作为掌握着全岛出行"命门"的掌舵人，这三更半夜来敲门的事儿，基本隔三岔五都能遇到。

"半夜里突发高烧、肚子痛，都是免不了的事。我们江南又没有医生，要到江北一位姓鲍的老中医处去就医。我刚到家被窝还没捂热，人家就来敲门喊了。"蔡成世回忆。

几十年下来，蔡成世想不起太具体的事儿，"因为这种事情实在太多了，人家要不是十万火急也不会来敲门，总归是要去的。"

那个年代，没有电话更没有手机，都是直接来敲门喊的，甚至有"隔空"喊的。

江南、江北虽然隔海相望，但只差几百米远。有时候渡人心急，会跑到江北这边隔着海喊，叫起来都听得到。村里人淳朴热心，会跑过来传话："有人在喊了，快去开船。"蔡成世便把饭碗一撂，往码头跑。

后来，为了方便大家，蔡成世特意买了个小灵通，要紧要慢让大家喊得应。

正月是大家最闲的时候，却是蔡成世最忙的时候："江南人要去高亭，高亭亲友要来江南，肯定要多开几趟。对我们撑渡轮的人来说，没有大年三十，没有大年初一，反正每天开着就是了。"

"老太婆蛮好的，家里都靠她"

家里有事情了咋办？"好像也没啥事体啊。"蔡成世的话把记者逗乐了，"我自己忖忖没啥事体，反正每天在船上。亲戚不多，他们也理解我。"

几十年这么干下来，身体有上落（不舒服的意思，身体不得劲儿）的时候呢？蔡成世声音洪亮地说："呒没上落的，相对来讲我身体也还可以。有人来喊了，总归要跑去把他们'钓'来。"

这么多年，蔡成世最感激老婆的支持："老太婆蛮好的，家里都靠她，我是出了名的懒汉。"操持家务、买菜做饭、拉扯大几个孩子，蔡成世几乎没管过账，都是老婆一手包揽。

并非蔡成世不愿意，时间也不允许："早上5点多出门，中午11点到家，匆匆挖一口饭，12点又要开船，基本没时间。"

大多数日子，蔡成世会在家里吃完早饭去开船。偶尔睡晚了来不及吃，饿着肚子就走了。体贴的老婆就会掐着时间，知道渡轮 7 点半要靠码头了，便端着饭盒跑到码头，等着给蔡成世送早饭。

"江南渡"，随江南岛的兴衰而变迁

1 天近 10 个班次，每个航次约 10 分钟航程，蔡成世一干就是近 30 年。其间他曾"溜号"回渔船撑了几年船，回来时更加确定了自己内心的想法：还是想撑渡轮。

这里有个小插曲：1985 年，他想重回"江南渡"时，村里人对撑渡轮积极性很高，你也想撑，他也想撑，最后干脆搞无记名投票，结果蔡成世的票数最高。

为了不辜负村民们的信赖，蔡成世在"江南渡"上从 1985 年撑到了 2006 年，也目睹了江南岛的兴衰变迁："有段时间，为了让下一代接受更好的教育，村里人走出的挺多。"

蔡成世的小学就是在江南念的。他的 2 个儿子、1 个女儿，均 40 多岁，他们的幼儿园、小学，都是在家门口念的。

等蔡成世的外孙、外孙女出生时，江南小学已经被撤并："没有了幼儿园、小学，孩子只能到高亭接受教育。"因为读书需要户口，儿子、女儿的户口便也迁移到了高亭。

为了让孩子念更好的学校，很多父母带着孩子走出江南。曾经热闹的小渔村，一度沉寂。但随着几年前中基船业的落户，曾经闭塞的江南村又繁华归来。

"退隐"的轮渡，封存的历史

2006 年，听闻高亭通往江南岛的"江南大桥"即将开建，蔡成世敏锐地察觉到，渡轮这一"旧时代"的交通方式终究会退出历史，便改了行业。

果然，2007 年，为了解决多年来江南人出行不便的问题，岱山县开始动工建设高亭至江南的公路，并新建特大桥一座。一年后，"江南大桥"建成通车，"江南渡"也从视野里消失了。

此时的老船长蔡成世，已年过花甲。因为在渔民画方面颇有造诣，他被国家文化部命名为现代民间绘画优秀画家，被省文化厅命名为浙江省民间艺术家，受聘于东沙的一家博物馆。

而他在江南的老房子，则出租给中基公司的外包工人们。

偶尔回一趟江南，蔡成世都是过桥入岛。桥上的海风，带着一股淡淡的腥味，村里的年轻人都买了电动车，迎着扑扑的风去高亭。

桥下，是蔡成世再熟悉不过的大海，只是海面上不再见到"江南渡"。而再几年过去，没见过它的人，永远不会知道它曾经的模样了。

混搭徐君

徐君曾被点名要求回答问题：怎样看待"名人"？徐君调皮地答：有名字的人都是"名人"，我是双重名人，因为我有中英文两个名字。

中文名字，叫徐君；英文名字，叫苏姗。当年就职外企时，老外们用稀奇古怪的口音念"徐君"，渐渐就变成了"苏姗"。

她是一个有趣味的人：比如为了喝上一杯咖啡，她可以开车跑几公里。

她收来四个老铜火冲，擦亮燃香作香炉，惊呆了一众小伙伴："您那香炉也太大了吧，得烧多少香啊。"她很豪气地答："要的就是这个范！"

她随手拿起宾馆里一本半旧的书，折着折着，就做成了图书馆的吊灯。

她时常出睿智之语："天性不爱争辩，又无媚骨，这样的人能做出好的设计，却做不成好的设计师，前者是实力，后者是江湖。"

徐君即苏姗，苏姗即徐君。各种身份杂糅交融，绘出一段精彩人生。

商业美术 & 纯艺术

徐君 16 岁那年离开老家嵊泗去杭州求学时，学的是工业造型设计，一不小心还成为浙江第一届造型设计专业 15 个学子之一。只不过当时造型设计在国内尚无用武之地，无法施展拳脚的同学纷纷改行，甚至有人当了狱警。徐君一想到自己所学在舟山没啥用处，便跑到天津二艺美术学院改学平面设计。

当时天津到北京的车费才 6 块钱，徐君常常跑皇城根儿下"串城"，交下一帮趣味相投的朋友。在这帮朋友的照应下，毕业后的徐君去了北京，当起那年头最流行的"北漂"。

也有过住地下室的日子，但年轻，不觉得苦，闲暇之余常跟朋友们混一起，去小剧院看话剧，其中有现在私交甚笃的牟森、张大力、颜峻等。

北京的日子过得滋润但对徐君来说始终缺少什么。她后来在博客中回忆说："纯艺术于我一直如未饱奶的孩子，有渴望再被喂一次的原始冲动。"受苏联绘画风格影响的鲁迅美术学院，油画教学很是纯净，这种几乎无商业冲击的纯艺术教育方式，很是吸引学了六年工艺美术（又称商业美术）的徐君。

1996 年国庆刚过完，徐君辞去了北京一家台湾画廊的工作，独自坐火车来到了辽宁鲁迅美术学院学习油画。

艺术 & 车间

1998 年，学成的徐君在北京成立设计作坊，起名叫"艺术车间"。艺术是厚积薄发的灵感闪现，车间是一个有着工业时代特征的概念，两者一混搭，车间把这风花雪月的艺术，"哐当"一下拉进柴米油盐，并添进原创力和拓展力的"薪柴"。

非洲艺术大展是徐君那时期的工作见证。作为"98 中国国际美术年"的重点项目之一，文化部请徐君的"艺术车间"设计这次展览。神秘的国度、浓重的色彩、原始的宗教，这一系列构成了徐君的设计元素。她大胆地采用红与黑，构图甚至用了最忌讳的二分之一法。"我知道我要表现的全在了，我知道这个设计一定漂亮！"

果然，这个夺人眼球的设计取得了不错的效果。自此，文化部的许多活动"花落"徐君和她的艺术车间。

2002年，美国"9·11"事件一周年，美国使馆在北京做摄影展，邀请徐君设计海报；2007年，哈萨克斯坦艺术展的设计任务又交到徐君手中；阿拉伯艺术展、俄罗斯艺术展，均请徐君设计。

每一次设计都匠心独运。2000年，徐君为亨利·摩尔雕塑巡展做设计，其中请柬《母与子》采用上下对折的形式，雕塑部分用了异形闷切，为原本四平八稳的请柬增添了趣味。

脑力 & 体力

连续四五年，徐君都有点怕过圣诞节，因为那几年北京王府井新东安商场的圣诞装饰，都是由她的"艺术车间"来完成的。

要得到这个几乎是北京门面的任务，徐君要先从一大堆国内外设计公司中脱颖而出，做设计稿的时候不敢怠慢，从找资料到出国考察，再到完成设计稿，常常五六天不能睡上一觉。

中标仅是开始。因为白天商场要营业，徐君只能晚上打烊后带着20多个工人进场。商场共六层，下班没有电梯，通宵的指挥徐君都是走路上上下下，"算起来每晚要走10多公里的路。"装修施工得10多天，有时候站在墙边看效果，竟然也能睡着。

有一回工人们费了九牛二虎之力把装饰球吊到空中，眼看就要成功，结果已到次日商场的开门时间，为不影响商场生意无奈只能把球缓缓放下，一个通宵的努力前功尽弃。

最担心的莫过于悬在 30 米左右高空施工工人的安全。完工后还得提心吊胆，直到过了春节过完拆装饰物后才能松上一口气。

圣诞前北京的冬夜一分寒冷，王府井大街上的永和豆浆店是徐君唯一的温暖。"这家店 24 小时营业，每次工作到半夜，在零下十几摄氏度的北京夜晚，喝上一杯暖暖的豆浆，是何等的幸福。"

蓝印花布 & 油画

像很多舟山人一样，徐君习惯把喝茶叫吃茶。"吃茶更为简单，同为端茶入口，却少了品的矫情，多了饮的节奏，省却了喝的繁琐。"所以，当看见京城有一处地方非常适合开茶坊时，毫不犹豫地决定开一家"苏姗的茶坊"。

她用"灵魂深处的冲动"来解释开茶坊的初衷："没有理由地，第一次见了，就决定要装饰它、经营它、丰富它。"可以在自己的茶坊画画；可以在透过古窗扇的阳光下约朋友品茶；可以在沉香里听古刹中录制的音乐；可以在某个淡然的午后悠闲地欣赏淘来的旧货。

"苏姗的茶坊"有自己的特供茶，是徐君旅行中的偶得。有一年跟朋友去云南一带旅行，在当地喝到一种红茶，低调、不浮华，她包下几亩茶园，让当地人改进烘焙手法，直供茶坊。

这是个可以看的茶坊。风格？很混搭。

有酒，也有茶；有京胡，也有钢琴；放茶点的桌布是江南民间古老的手工蓝印花布，抬头是几幅西洋油画……因为"不和谐更是一种美"。

就如同 2007 年决定入驻宋庄开尚东·艺术车间画廊时，她发现"仿佛全北京的切诺基都在画家村集合"，便入乡随俗地决定不买新车，"把那辆玉底的黑老切开出来在村里轰轰"。为了削弱视觉上的硬度，她特地买了几条花裙子来穿。"黑色的越野车变得略温柔点，花裙子变得更野性点，这是我入住这个村提交的第一件作品。"

此岸 & 彼岸

徐君有一回看东北二人转，猛然想到了幼年时嵊泗岛上"瞎子唱新闻"的景象。

"在一个光线不是很明朗的院子里，一位被主人花钱请来的盲人手拿二胡，在主人的搀扶下坐到中间，周围密密麻麻或坐或站围了一群人，手里或摇着蒲扇或端着茶杯，夹杂着竹椅的吱吱声，认认真真开始听瞎子说唱。满院都是人影都是笑声。"

"突然想，在京多年的我，曾在工作中多次做过一些城市与国家地域文化的宣传和介绍，是否也应该找些时间去整理家乡的特色文化，不为别的，只为让我的孩子知道我的童年生活和我生活过的海岛文化特色。"

双城记，就此开始。

2007 年，宋庄艺术节上，徐君在自己的画廊展出舟山渔民画。

2008 年，徐君策展《当代与本土的对话》——北京当代艺术与舟山渔民画联展，"'北京'多了些判断、方向。'舟山'涵盖更多的生活、理想。如果说'舟山'是一片海，那么'北京'就像一只触角。文化的交互，这里具有当代的意义。"

今年，徐君又策展中国舟山国际艺术衍生品展，展出了国际著名设计师靳埭强等大师的艺术衍生品，作品总数超过 800 件。

徐君位于新城海洋文化中心的彼岸工作室，随处可见她信手拈来的灵感之作。简洁大方的《壹陶壹瓷》、既像舟又像梭的插香器……她的创意永远层出不穷。

徐君奔波在北京、舟山的此岸与彼岸间。"说到岸，何为岸？

放眼看，人生处处都在找'岸'，是生理的更是心理的需要。"

回家 & 离家

"回家是离家，漂者搞不清。"徐君感慨。

舟山是家，藏着一个年少的徐君。小时候最高兴的事，莫过于清晨醒来看到爸爸出差归来，带来加了鸡蛋和奶油的上海面包，烤得黄黄的，徐君和弟弟每人分得半个。爸爸是电影工作者，那时候的徐君可以 24 小时泡在电影院里，看《冷酷的心》《叶塞尼亚》《佐罗》。

妈妈会给她做纯糯米粽子，那种粽叶的清香、糯米的香甜，现在想来都想咬上一口。

有一次在老家过年看 DVD 碟《乱世佳人》，郝斯佳的一句话催她泪下："家，我要回家，唯有土地是永恒的！"

北京也是家，生活着一个智慧才女苏姗。这里有女儿小宝和豪爽大气的丈夫，也有她亲手设计的别具一格的家，地毯是挂在墙上的，挂钟由餐盘和锤子组合而成，门牌是在青岛买来的一个草编盘子，自己动手写上数字……信手拈来，又从容娴雅，展示着女主人对生活的沉浸、阅历、修养和品位。

北京、舟山，都是她的灵感源泉。她拿家乡海边的藤壶壳制作插香器与笔架，她也常去北京潘家园"淘宝"，她说："艺术家与设计师的区别到底在那里？艺术是只在乎自己感受的，设计是要考虑到别人的。"

混搭着徐君的苏姗，或者说混搭着苏姗的徐君，在艺术的学术性与商业性中，找出两条腿走路的平衡点。

静鹤斋里的笔墨缘

2009年初夏的一天，徐静再次踏进定海东大街51号的旧宅。灰墙黑瓦，光影斑驳，这栋曾在20世纪80年代因"静鹤斋"声名鹊起的宅子，早已不是主人18年前离开时的模样，就连曾经的门庭若市也改换了风景。

旧宅隔壁紧挨着一家生煎包子店，每天早上和下午是生意最好的时候，一锅泛着金黄光泽的生煎"滋滋"响着端上来，门口等候的食客"呼啦"一声拥上去，人间烟火气便随着四溢香气弥漫开来。

岁月静淌，东大街热闹依旧。只是，目下这幅世俗风情画卷的此热闹，与20多年前静鹤斋全盛时期的彼热闹，又有些两样了。

古宅盛景

无论是在南国珠海那栋"面朝大海，春暖花开"的别墅，还是在山灵水秀、静谧古朴的雁荡山书画院，徐静都忘不了在定海东大街51号静鹤斋度过的那段岁月。

1986年的《舟山日报》曾经登过一则新闻：湖南一所小学的美术教师许清桂想提高画艺，却苦于家境贫寒没钱作盘缠，同妻子一商量，咬牙将家里养的一头猪卖掉凑足路费，背上席子、蚊帐，千里迢迢到舟山静鹤斋书画院学画。

静鹤斋当年的名气由此可见一斑。

这所徐静于 1984 年 10 月创办的书画院，属于全国较早的民营书画办学机构之一。由于常有书画界名人莅临，又发起举办过"静鹤杯"全国少儿书画大奖赛，静鹤斋声名在外，常有来自全国各地的学画者慕名前来。以至于 20 世纪 80 年代在定海生活的人，几乎没有不知道"静鹤斋"大名的。

或可用"谈笑有鸿儒，往来无白丁"来描述东大街 51 号当年的盛景：多位中国美术学院教师都是静鹤斋的座上宾——他们是被徐静特意邀请到定海讲课的。1985 年第一批聘请的老师中，就有金石书画家徐银森、张耕源，版画家楼召炎，油画家周思诚等。

然而，谁也不知道，这个高朋满座、古色古香的画院背后，深藏着一个 12 岁孩子的梦想与几十年的努力。

梦萌童年

徐静 1941 年出生于乐清雁荡环山村，爷爷是清朝举人，父亲是民国时期的文人，喜欢结交文人雅士、收藏名人字画。

远去的童年在徐静的记忆里，有彩色，有灰色，有黑白。彩色的是后花园里那几株鲜红的茶花，调皮的男孩总忍不住在它盛放时摘下；黑白的是客堂里挂的那些老照片，爷爷穿着袍子，家里的女眷们穿着民族服装；灰色的是书房里那几只沉重的木箱，徐静知道，里头锁着父亲最心爱的字画。

偶染小恙时，徐静躺在雕花大床上，只要大人往他手里塞些字画或小工艺品，他就能自个儿安静地待着，不吵，不烦。

然而大户人家小少爷的日子随着父亲的离世而结束。因为家道中落，徐静不得不随奶奶、妈妈举家从大宅子迁居小房子，伴随身侧的，只有几箱字画。

那时徐静为了补贴家用，也要和平常的农家小孩一样，上山砍柴、放牛放羊。徐静常瞅着空隙，把劈柴刀往身旁一放，面对雁荡山水开始忘情作画。

徐静后来跟着舅舅到瑞安读小学，后又到宁波求学。12岁那年，他在《宁波日报》上看到一篇报道：小画家龚新浩到德国展出画作。徐静看了很兴奋，因为当时画画的人少，有成就的同龄人更少。

趁着星期天，徐静特意找上门去——他当时正苦恼于身边没有水平相当的人一起切磋交流。两个小画家成为好朋友的新闻后来被登在《宁波日报》上。与龚新浩的交谈让12岁的徐静产生了一个想法——画画的人要是有个学习交流的地方该多好。

这个想法多年后终在静鹤斋实现。那年徐静41岁，与想法萌生之初相距了整整29年。

笔墨普陀

这29年里，徐静的生活虽几经变迁，却一直没有离开过书画：初中毕业后，他因考入部队文工团而来到舟山，搞舞台美术设计，做连队美术教员，为解放军报提供反映部队生活的绘画作品……其中堪称经典的《普陀山全景图》就是在这期间完成的。

1960年考入部队文工团后，徐静几乎走遍舟山各个岛屿，其中最吸引他的就是普陀山，画张全景图的想法悄然萌生。然而全景图跟普通导游图不同，看似空中俯瞰，可要是真坐飞机到了这样的高度，根本看不到底下的树木。于是，一个问题开始困扰徐静："怎么完成这幅画？"

苦思冥想后，徐静开始了这样的日子：早上带着画板爬到最高的山上去，一直画到太阳落山。中午下来吃饭？不可能，只有在山上挖番薯充饥，找山水解渴。

下山时，路灯已经亮了。徐静把写生的画稿给乘凉的山民们看，让大家猜猜这是什么山？有人说，这不是往紫竹林去的那座山吗？也有人说，馒头山不太像，你得把它画得像个馒头。徐静听后修改，一次，两次，无数次。他的标准是："必须要让村民认出来。"

一次，徐静在礁石边作画，脚底一滑不慎掉落大海，寒冬腊月冰水刺骨，正当徐静绝望时，一个海浪又把他推到岸边。

这次经历没有动摇徐静完成画作的决心。山里有寒冬腊月，也有酷暑伏天；有海上生明月，也有浮云遮暗月；这里多了个建筑，那里新造了码头……徐静冬穿棉袄、夏戴草帽，一遍遍修改、积累素材。那时，他的口袋里最多的，是往返于定海与普陀山之间的车船票。

1978年构思创作，1979年定稿，1982年《普陀山全景图》编印发行。徐静用所得的稿费买下了东大街51号。

画作"救命"

静鹤斋取了徐静名字中的"静"字，和他最擅长画的"鹤"。可徐静直到能把鹤画得惟妙惟肖时，还不曾见过真正的鹤。所有关于鹤的记忆，是小时候大屋中堂的红木椅子背后，那些立在画中的闲云野鹤。

因为没有看到过真鹤，徐静还闹过把大雁误当成鹤的笑话。20世纪60年代，徐静被派去朱家尖顺母社区搞宣传，他的工作还包括晒盐、种棉花、开拖拉机，看到附近有成群结队的大鸟扑棱棱地飞下来，徐静激动不已：这就是鹤吧！晚上回到寝室还不想歇，1个房间6个人，没地儿画画，他就琢磨着在墙上画。

20多年后，徐静打听到无锡动物园有野生鹤，便找了机会去参观。一接近沼泽地，徐静立刻被一群鹤的姿态迷住了："哇，太美了！"最重要的是，终于见到活的了。

徐静赶紧拿出画纸画笔，对着鹤描画起来，从早上进园一直没挪步。中午的太阳毒辣猛烈，他躲进树丛继续画，一直画到太阳落山，星星出来。想出门时，动物园已经关门了。

正在徐静想法攀爬出去时，保卫出现了："你鬼鬼祟祟躲在树丛里干什么？"

"我看鹤……"

保卫凌厉的眼光一扫："这么晚还看鹤做什么？莫非你想偷鹤，杀了它煮着吃？"说着，一只手在徐静肩膀上搭了两下："跟我到保卫科走一趟！"

到了保卫科，一打开本子，保卫态度马上两样了："哇！这么多鹤，是您画的吗？真像！您是画家吧，真不好意思！"

画作"救命"的事徐静还碰到过两次：一次是在北京，徐静回故宫附近的小招待所，因为夜深风冷，他把随身携带的密码箱顶在头上，缩头缩脑一路小跑，夜巡人员将他叫住盘查，结果打开密码箱一看，里面正好有一幅《普陀山全景图》。"这是画第二次救我。"

还有一次是在中英街。误从工作人员通道进街的徐静，回程时面对警卫的疑问盘查，拿出了随身携带的画稿，才得以顺利脱身。

一生画缘

画《普陀山全景图》、办工艺美术厂、办静鹤斋书画院……徐静将人生盛年时光留在了舟山。1991年，徐静到珠海办画展，受邀留在那发展书画教育事业。

当年那个带着席子、蚊帐来学画的湖南小学美术教师许清桂知道徐静到了珠海，特意带着湖南特产和一双布鞋赶来探望——他在静鹤斋书画院学了一个多月后，回到湖南通过考核，从小学美术老师提升为中学美术老师。

多年未见的徐老师依然童心未泯，他将珠海那栋面海的别墅打造成"百草园"，院里种了各色花草，还养了很多小动物：鸽子亲昵地飞到他手上，左手一只，右手一只；他把公鸡母鸡当宠物养上好几年；他还会像孩子一样为小狗的离去流下伤心的眼泪……

"画画本来是一种童年时代的游戏，"徐静说，"它伴随我从幼年到少年到青年，一直到年近古稀。能以画画为安身立命的'职业'是我的幸运。"

周燕的转身

美貌未被时光摧枯拉朽，气质经过修炼沉淀愈发优雅，周燕从语文名师到礼仪培训师的转身里，藏着她那些年读过的书，和站过的讲台。

救场

周燕戏称，自己走上礼仪培训这条路，是被"逼"的。

2003年，周燕在沈家门某中学任教，获得过市里的优秀班主任荣誉称号，也是语文名师。她在自己擅长的领域游刃有余，压根儿没想当什么礼仪培训师。

就在那一年，舟山某国企要对全体员工进行一次职业道德教育，课程时间都安排好了，结果老师临时生病，向校长请假。

后天就要上课，这节骨眼上少了讲师这个主角，校长急了，"这可咋办呀？"

思来想去，他找来周燕当"救兵"。

周燕一听这任务，把头摇得像拨浪鼓："不行不行，我是语文老师，您要是让我讲几首诗还行。职业道德教育，我可从来没接触过！"

校长硬塞给她一本书："喏，就这薄薄一本，你拿回去备备课，救一下场。"

周燕面犯难色："这、这……您也太为难我了！"

校长拍拍周燕的肩："不、不、不，我这是信任你。"

精彩

那会儿正是夏天，周燕觉得像接手了一个"烫手山芋"，内心忐忑，她甚至暗暗想："要是刮台风就好了，下场暴雨也好呀，培训就能泡汤啦。"结果，窗外艳阳高照，一切安好。

她只能硬着头皮翻开了校长给的小册子。看了几页，嗯，还行，也不难讲嘛。

再翻几页，灵感来了，思路也来了。周燕决定，索性抛开书本讲自己心目中的职业道德。

职业是什么？道德是什么？职场上的待人接物应该是什么样的？……一堂课，一个半小时，周燕讲得激情澎湃。她告诉身处服务行业的学员们，要"目中有人，目中有物"，要给客户"我的眼里只有你"的感觉。大家被周老师端庄的仪态、优雅的举止、曼妙的音色深深打动。

培训效果反馈到校长那儿，校长很高兴："你们哪个单位需要职业培训，来找我们周老师，讲得可精彩了！"

融合

善于从千年文化中汲取灵感，让周老师的课很有"听头"。

有一次，培训办公室礼仪，讲到敲门这一细节，周老师脱口而出一句诗："日高人困漫思茶，敲门试问野人家"，遂讲起一个典故："苏轼任徐州太守时，老天一直不下雨，他便率众到徐州城东的石潭去祈雨，走到荒郊野外有点口渴，便敲门问农家讨茶喝。"

"苏东坡既是文豪又是高官，但没有自傲，走到乡下的农家，即使门开着也要敲门征询主人的意见：'我能进来吗？'这就是中国人的传统礼仪。"

一位旗袍队队长最近很困惑："虽然我们定期进行形体训练，穿上旗袍也很优雅，但总感觉缺了点什么。"她上门邀请周老师，"您来给我们讲堂课吧。"

周燕到了会场一看，旗袍队多资深美女，有些跟自己年纪差不多。她就从年龄角度入手跟大家推心置腹："《论语》里有句话，三十而立，四十不惑，五十知天命，六十而耳顺……像我已经到了耳顺之年，什么是耳顺？就是到了六十这个年纪，啥都听得进去，你说我穿得难看，你说我没文化，都不会放心上。听得进逆耳之言的，人生修行便达到了新的高度。"

"但是宁可抱香枝上老，不随黄叶舞秋风。虽然老了，但我们不能随波逐流……"

所有的出口成诗看似信手拈来，其实深藏着周老师那些年读过的书，和站过的讲台。

创业年代

倾诉人：老吕
倾诉时间：2016 年 3 月 17 日

30 多年前，当老吕还是小吕的时候，在"活水码头"沈家门开启了创业之路。烟酒商店、面条厂、糕饼厂……那时恰逢改革开放初期，万物复苏，百废待兴，他顺应改革潮流，追逐着时代的步伐。

"我很幸运，赶上了一个火热的创业年代。"虽然老吕几经沉浮，像过山车一样冲到高处，下一刻跌落谷底，不多时又东山再起，而他的人生，也在不断蜕变的过程中变得丰盈而有质感。

一

20 世纪 80 年代，我怀揣一颗年轻不安分的心，开始创业。干的第一个行当，是在沈家门开一家烟酒商店。自家没有门面，就自己找。当时荷外、半升洞一带很热闹，客船、渔船等都在这儿停靠，而我从小在这里长大，对这个地方颇为中意。

店面属于渔业大队，我找大队书记去了。书记对我很客气："你来啦，咋话啦？"我开门见山："想租个店面，开家烟酒商店。"书记是个爽气人，二话不说就把一间店面租给了我。

我忙着进货、铺货，把烟酒商店给开起来了。店名是我自己的名字，因为我对自己的人品信得过，用名字做店名是一种诚信的保证。

一开张，七八十岁的老太太成群结队到我店里来买东西——在沈家门，大家都知道我、相信我，因为我的为人，有目共睹。我是在地上捡到一分钱，绝对不会塞进自己口袋的那种人。

你知道我的烟酒商店生意好到什么程度？新街上开了不少国营商店，日营业额 1000 元已经不错了，而我的烟酒商店远远超过它们。

二

当然，生意不是无缘无故好的，我有自己的一套方法。

沈家门是活水码头，每个季节光顾小店的人都不一样，几年做下来，我发现一个规律：某个季节福建人比较多，某个季节奉化人比较多，某个季节嵊泗人比较多，我做生意有个原则，只要稍微有点认识，就不收钱。

你可能觉得我很傻吧！我也是人，得靠这家店吃饭，不收钱做傻子啊。

我说的不收钱，是指不用马上付钱。如果是船上干活的渔民，只要把你的船号、船长名字都写下来，你看中店里啥东西就拿走，等有钱了再来付。

我太了解他们啦！渔民就是这样，出去捕鱼的时候，口袋里往往没有几个钱，要等出海把鱼卖掉才能分到钱。

三

正因为这个不成文的规矩，我的烟酒商店出了名。虽然隔了很多年，我到现在还记得，有一个上午，我一共卖了 72 坛老酒、140 箱啤酒，其他小零小碎还都没算进。

渔民来拿东西的时候，我大手一挥："没事，拿去吧，只要把条子留下就行。"等他们回来把鱼卖掉再来结账，所以我的烟酒商店生意好得不得了。

那个年代的人都比较讲诚信的，基本上都会来付。当然，来拿东西的至少得是有点面熟的，素不相识的人来拿货不要钱，那不可能，我又不傻。

除了把东西赊给船上渔民外，我还赊给很多普陀山人。

我的店开在码头边上，普陀山人进进出出比较多，时间一久都混了个脸熟。有些在普陀山开店做生意的，你把东西拿走，钱可以下回来再付。

四

我还爱在做生意中交朋友。有一个在普陀山开旅馆的老板时常从我店门前经过，有一次，我卖给他 6 张床，先拿去，钞票一分也不用交。

没过多久，他给我送钱来了，我当然收下——就是捏个泥团卖卖也是要花工夫的，更何况是 6 张床。不过我这床，卖得比人家便宜，一般五六十元一张，我卖他 20 元一张。

他把货款给我，我就请他喝酒，一边喝酒一边聊天，就这样成了好朋友。

后来这位朋友也发财了，普陀山开旅馆赚了不少钱。要知道那个年代在普陀山开旅馆的，生意非常好。他又到沈家门承包酒店，钞票赚了很多。

可惜，这个朋友现在已经不在了。所以我跟你说，钞票绝对不是第一，健康第一。钞票顶多排第二，一个人如果没有了健康，相当于鱼没有水，活不了，再多的钱也没用。

五

那时荷外这一带福建人比较多，我看他们爱吃面条，就把烟酒商店关掉，开了家面条厂。我办面条厂，还是比较有优势的，一是有厂房，我家一楼有一个宽 3.8 米、长 12 米的房间，办一个小型面条厂没问题。

二是有老师傅来给我做技术指导。当时普陀有个粮食制品二厂，里面有老师傅跟我关系不错，我们一起到上海买了台机器，专门制面条的，自动化程度相当高。

把机器从上海运到沈家门，一进屋，太棒了！机器长 9 米，房屋的进深有 12 米，放下一台机器刚刚好。结果没料到，面条厂亏损严重。

自从面条厂开张以来，销路一直打不开。后来我总结了一下，主要是我们没有把握准市场。我们光看到福建人爱吃面条，但没想到他们是流动的，一般只来舟山半年，还有半年回老家去了。而舟山人也不可能买福建面条吃，我们更爱吃米面、切面，市场上选择这么多，干吗来买你的福建面条。

而我的面条厂，烘箱、电风箱每天开着，成本很高。这个厂我当时投入两三万，现在看来不算多，但在当时可值钱了。

创业失败不可怕，可怕的是斗志消失。东山再起不难，坚持也不难，难的是一直坚持下去，否则自己心态都垮了，靠什么来养活家人？

六

面条厂失败后，普陀糕饼厂有个师傅教我，一楼场地不错，可添置些设备开糕饼厂。我对糕饼一窍不通，他很热心地说："兄弟，你就是不给我钞票，我也要给你帮忙。"

我老婆也有这方面的手艺，算是专业老师傅，我们决定开糕饼厂。

有了面条厂失败的教训，我开始抓销路。沈家门、鲁家峙那么多单位，我一家家地上门。沈家门地方小，总有些认识的，我就跟他们讲："别光忙着手头工作，退休职工也要关心一下，生日了，拎个蛋糕过去，价钿不大但这份情谊，人家都会记在心里的。"

他们一听，觉得有道理啊，我趁热打铁："订我家的蛋糕吧，价钱便宜，保证质量。"

有些效率高的单位，马上下订单，马上就要货。有一回，我接了单子马上回家，让工人师傅24小时连日连夜地做，终于赶出来了。

七

眼看着马上要过中秋节了，我又开始动脑筋了：光鲁家峙就有不少单位，像水产公司下面有水产加工厂，一个厂里有很多工人，八月十五都要送月饼嘛。

我就用同样的方法上门去讲："我们工厂的月饼糕饼模子，是专门从宁波采购来的，方的也有、圆的也有，可以按照你们的需求来生产，选我家没错的。"

结果，订单像雪片一样飞来，可把我们的工人害苦了，24小时连轴转地干活。别人装货用三轮车，我是用汽车一车车地装出去。

糕饼厂开了个好头，更大的惊喜还在后头——我还争取到了沈家门几个小学的课间餐，为了让小朋友吃得安全、放心，并且适合他们的口味，我选料都要最新鲜的……

回忆年轻时的创业经历，有过生意火爆的喜悦，也有过赔本失败的苦涩，最大的体会是：一个创业者最重要的就是诚信，以及利他思维。只有成就别人，才能更好地成就自己。

登步 1978：漂洋过海去教书

三尺讲台，但通向讲台的路却隔着一片海。

20 世纪 70 年代，在各海岛都设有学校的年代，为了让学生能在家门口上课，舟山有一大批老师漂洋过海去小岛教书。

"你愿不愿去登步教书"

1978 年，刚过完寒假，沈家门第五小学的刘松来老师找到胡洁心："胡老师，登步中心小学有位老师因为怀孕离职，你愿不愿去登步教书？"

胡洁心是代课老师，曾在沈家门第三小学、第五小学及沈家门中心小学任教。接到邀请，她面露难色："刘老师，我怀二胎了，大着肚子来回不方便。"

刘老师说："新学期已经开始了，这两天学生们眼巴巴地等上课，但老师还没找到，要不你帮帮忙，先过去顶几天。"

救场如救火，想到一群眼巴巴渴求知识的孩子，已经怀有 3 个月身孕的胡老师答应下来。

"20 世纪 70 年代的舟山，各个海岛都设有学校，学生能在家门口上课，但师资力量薄弱，本地老师远远不够，经常需要叫一些代课老师当'外援'。"胡老师回忆。

1978 年，28 岁的她开始了漂洋过海坐船去教书的生活。

"船靠岸后需要搭跳板才能上岸"

登步中心小学位于鸡冠村。说是小学，其实既有小学部，也有初中部。校舍由原先的一座地主私宅改造而成，两层楼房，一楼用作教室，二楼除部分教室外，还有教师办公室和寝室。楼房原有的地板已经有些老旧，踩上去"嘎吱嘎吱"作响。

王嗣端老师是来自上海的知青，来登步插队落户，大家习惯叫她"阿端老师"。她来这里不久便认识了男友王国成，他当时在大岙村教书，与鸡冠村有一段距离，两个年轻人各自扑在工作上，很少花前月下。

和阿端老师差不多年纪的江志军、贺培儿，都是沈家门姑娘，很年轻，连对象都没找好，她俩一般一个月回两次家，"那时的码头比较简易，船靠岸后需要搭跳板才能上岸，老师们过跳板时，总是倍加小心。"

"女儿口袋里塞满年糕片和倭豆"

这些"城里厢"老师给登步岛带来活力，他们想出各种点子丰富孩子们的生活。

搞第一届登步中心小学运动会时，校园里的高音喇叭响彻整个海岛，在海边、在地头，人们纷纷停下手中的活猜测："这是哪位老师在讲啊？江老师、胡老师、贺老师，还是阿端老师？声音好听足嘞！"

当地人对老师都很尊重。"我大女儿来岛上玩的时候，只要带她出去，口袋里总是被塞满年糕片和倭豆。"胡老师说，那可是当年渔村里最紧俏的零食。

淳朴热情的家长，如果某天捉到新鲜鱼虾，会特意给老师们送来。

20 世纪 70 年代的渔村，文化娱乐生活枯燥，上级部门给学校送来一台电视。老师们不敢独享，从教室里端来凳子，唤老百姓一起来看。所以一到周末，岛上人会呼朋唤友："走，到学校看电视去！"

"养娃、上课不能两全"

漂洋过海到小岛教书，对老师们来说最大的难点是顾不上家庭。

来自绍兴的李文琴老师，丈夫在登步卫生院工作，当时已经育有一子，"养娃、上课不能两全，她只能把儿子寄养在登步的一户人家里"。

胡洁心也是，放心不下 2 岁的大女儿，有段时间曾把她带到岛上来。上课的时候，她让女儿坐在教室第一排，跟学生们一起听课。

渔村孩子活泼开朗，上课发言踊跃，举手动静比较大，胳膊肘跟课桌摩擦发出的"咚咚"声，吸引女儿把整个身子扭过去向后瞧，同学们哄堂大笑。

胡老师又把女儿安排到最后一桌。结果，看前面的哥哥姐姐们都举手，2 岁的孩子也举起了自己的小手，学生又是哄堂大笑，全体回过头来看她。

看女儿"扰乱"课堂秩序，胡老师只得把她送回沈家门。

"不少老师过着牛郎织女的生活"

1978 年，王志源老师在登步中心小学当教导主任，同时也是校长夫人。

她是登步本地人，小学毕业后因为成绩优异被培养为老师，到桃花岛教了几年书后，又回到登步中心小学任教。爱人是校长，女儿胡培萍是同事，全家在同一所学校教书。

在王老师的回忆里，"登步中心小学大概有一半的老师来自沈家门，他们周六下午坐船回家，周日下午回到学校，遇上大风大浪就只能待在岛内，不少老师过着牛郎织女、两地分居的生活。"

来往奔波于沈家门与登步之间，连船老大也认识了这帮"城里厢"老师，如果老师们有什么事需要捎口信，或者带点东西，船老大都很乐意帮忙。

胡洁心身在登步依然牵挂丈夫，经常会买好芝麻、核桃，细细磨成粉后托船老大带回沈家门，船老大会热心地直接送去她丈夫的单位。

"要是在登步生了可咋办啊"

胡洁心一直教到期末考试结束。

学校里没有自来水，洗衣服、蚊帐全要扛到井边手洗，"看我肚子越来越大，同事们热心帮忙，说你去歇着吧，我们替你洗。"胡老师很怀念那个年代，"领导和蔼可亲，同事团结友爱，工作很愉快。"

1978年7月，胡洁心像以往的周日一样，到码头坐航船回登步。看着她马上要临盆的大肚子，从船老大到学生家长都瞪大了眼睛，"胡老师，您快生了吧，怎么还来学校啊？"胡洁心说："期末考试结束了，要填成绩报告单，我得把扫尾工作做完。"

"这么大肚子还要来学校，侬胆子大足嘞！"大家着实为她捏了一把汗，"要是在登步生了可咋办啊？"

登步当时只有卫生院，没有医院，而往返沈家门的船一天只有一班，要是在登步动了胎气，后果不堪设想。胡老师一听，马上抓紧干完手头工作，回到沈家门。

好在肚子里的孩子争气，1978 年 7 月 9 日，胡老师在普陀人民医院生下宝宝。

"生命中最闪亮的一段日子"

一晃，40 多年过去了。

当年 20 岁出头的年轻老师都已白发苍苍，王志源老师已年逾八旬，住在普陀。

胡洁心老师和当年的学生们保持了很深厚的情谊。1978 年休完产假后，因为放不下那边的孩子们，她又回到登步任教。襁褓中的婴儿怎么办呢？她在岛上找了户淳朴的人家寄养。

直到 20 世纪 80 年代，胡老师才离开登步。

阿端老师和丈夫多年前才回到上海。

……

淳朴的孩子，热情的家长，友爱的同事，回想起在登步中心小学任教的日子，很多老师觉得"那是生命中最闪亮的一段日子"。

黑白人生

童雄才，1930 年出生于岱山，岛城书画大师，挚爱黑白两色，"因为最简也最繁，中国传统艺术里的书画、围棋都是，还有阴阳、太极，无非黑白两极，推而广之，这便是人生。"

腾坑湾的独居老人

在定海人民中路的横塘弄，有个小小的古玩店，老板孙信华把玩老旧杂件之余喜欢爬山。

几年前的一个冬天，他爬山回家途经腾坑湾，看到一间小屋，隐约有灯火从窗间漏出，好奇心起，便敲门而入。

屋里有一位独居老人，当时已是隆冬，老人却衣衫单薄，床上也只有薄薄一床单被，一望便知生活境况不佳，孙信华当下便脱了自己身上刚从韩国买来的呢大衣，披在老人身上。

几天后，孙信华又去探望，发现老人虽然生活窘迫，但谈吐气质不凡，细问之下竟然是大隐隐于市的岛城书画界大师童雄才，普陀山、祖印寺、军史博物馆等都留有他的墨宝。

童老很少对外人说起自己这一生的传奇经历，但对孙信华却是毫无保留。"世间竟然还有这样的人生！"孙信华感慨之余，对童老心生崇敬，两人无话不谈，遂成莫逆之交。

年过八旬的童老怕仨进了定海第二福利院后，孙信华依然常常前去探望，有时买几只新鲜的螃蟹，有时拎几本最近的书报，"童老没有别的爱好，就是喜欢读书看报"。

年少练就"童子功"

书，床头床尾整齐码放着一摞书，童老就坐在窗边，读王国维的人间词话。几缕白发，个头魁梧，即便已经 86 岁高龄，气质依旧出众。

看有客来，他起身相迎，伸手一握，手指修长、秀气——多少字画在这双手下行云流水，而深厚的翰墨功底，就来自他年少时练就的"童子功"。

20 世纪 30 年代，岱山高亭，年幼的童雄才跟着父亲在书房习字。窗外有蛐蛐儿鸣叫，他眼皮都没眨一下。都说男孩调皮，但童雄才坐得住，每天练着横平竖直的楷书，小小年纪竟已从中体味到笔情墨趣。

爷爷在岱山是有名的富商，家里有米店、布店等产业，还有货船队北通辽宁、南到海南。尽管是生意人家，但相当重视教育，家里的私塾每天都会传出琅琅书声。

然而童雄才锦衣玉食的生活并没有过多久，家道便逐渐中落，全家迁居东极。

迁居海岛经历"少爷的磨难"

东极是个列岛，庙子湖、青浜、东福山等几个岛屿像手指一样摊开，指间有海相隔。

"没有像样的码头，船靠了岸，踩着礁石往上走……"条件艰苦，童雄才开始"少爷的磨难"。当时岛上没有路，去哪儿都得翻山越岭，没有电，到了晚上漆黑一片。饮食也不甚习惯，

"没有酱油，只有盐。渔民把鱼捕上来，就撒一把盐清蒸"。

童家住在最热闹的庙子湖。岛上民风淳朴，见这一家子有文化，都颇为尊重，他们请童雄才的父亲来学校当老师，"自己不识字，对孩子的要求也不高，比如去沈家门买5斤花生，只要认识这几个字，会算简单的账就可以了"。

童雄才耳濡目染，不到20岁便接过父亲的教棒。早上教语文，下午教数学，面对一个教室不同年龄的孩子，他教得尽心尽力。岛上男女老幼见他，都会恭敬地叫一声："先生。"

挥毫泼墨成校园"人气王"

1950年，舟山解放，学校解散，童雄才便放下教棒，去宁波继续求学。

虽然家境大不如前，又在海岛生活了几年，但毕竟是见过世面的"富三代"，在校园，童雄才衣着考究，身穿定做的呢子西装，脚踏上海名牌皮鞋，一米八的个儿玉树临风，顿时成为学校的风云人物。

快过年的时候，学校张灯结彩贺春节，走马楼的院落里，女同学们围在一起剪窗花、挂灯笼，童雄才挥毫泼墨写大红对联，结果一出手，小伙伴们都惊呆了，"你的字居然这么好！"同学、老师纷纷放下手中的剪纸、灯笼，挤拢来围观。

会跳舞，会英语，长得帅，他被学校派去参加世界青年学生联谊会，回来给同学们做报告，隔着一个甲子的岁月，他依稀还能想起大礼堂里雷动的掌声。

那是童雄才一生中最闪亮的日子。

刻蜡纸是一门技术活儿

童雄才毕业那年，适逢宁波私立华美高级护士职业学校要招一名文书，主要工作是刻蜡纸，"解放初期，教材内容还没有定下来，学校用的课本由医生用手稿校写，全部用蜡纸印刻出来"。

护士学校校长是位"海归"，求贤若渴：一边在宁波各院校的应届毕业生中找书法功底好的，一边私下里向亲朋好友打听宁波有谁字写得好。想不到，最后听到的是同一个名字：童雄才。校长当即就拍板要了他。"偌大的宁波，无论是公家还是私人途径，推荐的都是你，相信你一定能够担当此任"。

刻蜡纸绝对是一门技术活儿。蜡纸铺在钢板上，必须要与钢板的斜纹相吻合；用铁针笔的力度要适中，"太轻，印出来模糊不清，太重，又容易戳破蜡纸"。童老说，刻蜡纸对字的要求很高，平日里练字功夫下了多少，刻在蜡纸上便一目了然。

童雄才夜以继日，刻完包括英文在内的 13 本教材。只是他的手指，至今还留着刻蜡纸时磨出的茧。

回到点豆油灯的东极

1953 年，童雄才收到朋友的一封信，说海岛学校缺人，希望他回东极再执教棒。

未曾去过东极，或许不知道当时的东极是怎样的艰苦，但童雄才作为在那里生活过几年的人，深知海岛与城市的区别：解放初期的护士学校，已经有浴室、自来水；而东极岛上还没有通电，只有为数不多的条件好些的人家，才会点上一盏豆油灯。回去，等于生活质量倒退几十年。

作为领导，又是同寝室的舍友，校长跟童雄才推心置腹："小童，我非常看重你，学校要找到像你这样的人才也很难，我希望你能留下来。"

彻夜长谈，依然撼动不了童雄才回东极的决心。后来很多人问童老："你去东极有啥目的？""就是为了听从党的号召，做点帮助老百姓的事情。"

就这样，童雄才辞职，回到东极。教书、宣传之余，还喜欢习字、看书。

他是嗜书如命的人，要是看见一本好书不买回来，晚上是要睡不着的。"为什么有人练了一辈子书法还是写不好？因为他不看书，意境开拓不出来，把书法变成了一个手艺。书法作为中国文化的精髓，博大精深，文学、历史、艺术全部含在里面了。"

至简至繁的黑白，人生况味尽在其中

1979 年后，童雄才在定海从事灯箱装饰、书画装裱工作。军史陈列馆筹建时，需要一位能写各种字体、书法功底深厚的人，辗转找到了童雄才。童雄才不辱使命，出色完成任务，"国务院前副总理王震来视察时，还敬了我一杯酒。"

童雄才收过许多徒弟，多是家境贫困或残疾人，"教会他们装饰装裱，可以养家糊口"。有人欣赏他的字，从日本、马来西亚等地不远万里前来，求他的墨宝，童雄才有他的坚持："不卖，只送。"

孙信华知道他的境况，替他担忧：没有积蓄，没有社保，生活难以为继。前段时间，几位老友前来探望，都是白发苍苍的老人，你拿 5000、我拿 1 万，替他买社保。

童雄才虽然也有点发愁，但生性淡泊的他，一说起挚爱的书画就忘了愁，"现在虽然精力大不如前，但身体好、天气好的时候也练。我离不开书法，书法离不开我，只有书法才有这个深度让我去研究，有 10 倍精力花 10 倍，有 20 倍的精力花 20 倍，一生研究不透，就用两辈子、三辈子……它的思维深度、广度足够我研究几辈子"。

寻找周自强

记者　徐莺　黄忠海

因为信仰，周自强走出了一条复杂曲折、惊险壮阔又苦难多舛的人生道路。但随理想升腾起的高度，却是一个民族的精神峰值，这是令生活在和平年代的人们景仰的光芒。

周自强怎么也没想到，自己遗留在书签上的那最后四个字"魂归故里"，会在 40 年后让两岸同胞奔走相助，不停追寻。

穿越 70 多年时空，这个从舟山一个偏远小岛出发，几乎湮没在历史迷雾里的人物，逐渐显露出他的面目和人生轨迹。

1945 年考入浙江英士大学，1947 年转学去台湾大学，1949 年被捕入狱，1979 年在孤独中去世。

这是怎样的一段传奇人生？

突然转学去台湾

2019 年春节前，舟山航海文化专家胡牧收到一本《虾峙岛历史拾遗》。随手翻阅，一个陌生名字引起他的注意。

"周自强，普陀区虾峙灵和村大舍沙头人。1925 年 5 月 1 日出生，1979 年 5 月 14 日病逝于台湾，享年 54 岁……"

虾峙岛可以说是胡牧的第二故乡，作为末代知青的他曾在这个小岛插队，对岛上各种情况再熟悉不过。

再往下读，胡牧惊异了。

1945年，周自强考取浙江英士大学，这所学校以辛亥革命先驱者陈英士命名。1947年，周自强瞒着父母做了一个重大决定，转去台湾大学，而且从"大一"读起。

"如此荒僻的小岛，70多年前出了一个名牌大学生，已经很是稀罕。而周自强即将毕业却忽然南下到台湾求学，更是让我难以理解。这是热血青年的一时冲动还是另有原因？这个人物值得探研！"

为研究那些隐藏的细节，过完春节，胡牧找到《虾峙岛历史拾遗》的作者周荣耿。

周荣耿是上海市普陀区政协特约文史员，2014年他受虾峙镇党委书记委托，写些虾峙岛的历史。周自强这个人物就这样从历史尘埃里被翻了出来。

面对胡牧的疑惑，周荣耿摇头："不解之谜。据浙江省档案馆解密档案，浙江英士大学当时有中共地下党组织，有人据此推测，周自强南下赴台可能领命在身。"和胡牧一样，周荣耿写书时也被这段传奇人生打动，辗转打听到周自强有个表弟叫邬松年，他坐公交车跨越半个城市，找上门去。

"确实有反常之处，表哥去台湾之前，出现过一个陌生来客。"邬松年回忆，1947年，乍暖还寒的时节，周自强的舅父刚好有事在上海。某天，一个生人突然闯入旅馆，说："周自强要去台湾读书，求您支持。"舅父深感诧异，他来上海，住在何处连家人都不知道，一个外人如何得知？问来客姓名、单位，那人未做回答，匆匆离去。

第二天，周自强来到旅馆见舅父，说要去台湾读书。舅父非常惊异且不解："你父母可知道这事？"周自强连连摇头，说此事万万不能让父母知道。舅父极力反对，说："你是独子，将来双亲谁来赡养！"周自强说："我志已决，无人可拦。"

黄浦江畔，十六铺码头，舅父目送周自强和 2 名同学上船去台湾。多少年后，他的记忆一直停留在那一幕，码头人潮涌动，客船汽笛长鸣，甲板上那个豪气干云的少年，向他挥手作别。未料这一别，竟成永诀。

参加游行示威被捕入狱

台湾大学校园，杜鹃已进入怒放时节，这是台大的校花，有着巴洛克式建筑轴线的椰林大道两旁，一路花语喃喃。

在这所"台湾最美第一学府"，周自强意气风发。在台大法学院读书的日子里，他认识了殷衷、曹维良、杨彦斌等挚友。

殷衷曾就读于上海复旦大学，1948 年初因参加上海学运被开除，同年 6 月考入台大法学院，与周自强同班还住同一个宿舍，共同的理想与追求使他俩成为莫逆之交。

同学们叫周自强"老周"。曹维良眼里的老周，"思维敏捷，观察事物入微，从日常小事到社会大势，他都有独到的见解，令人折服。他一打开话匣子就滔滔不绝，常常不觉东方已经发白，文笔又好，倚马千言，一气呵成，上口流畅，读来只恨其短，不觉其长。"

周自强很快被推选为台大学生自治会主席，他在校园里成立秘密学生组织"淮海社"，组织歌咏队唱革命歌曲。

1949 年，一场突如其来的风暴，打破了台大表面的宁静。那年 3 月，台湾大学与台湾师范学院两位学生因"骑脚踏车载人"被认定"违反交通规则"遭警方逮捕，引发学生集体抗议。他们上街游行示威，高唱《你是灯塔》《团结就是力量》等歌曲，高呼"反内战，反饥饿，反迫害"口号并散发传单。

彼时，辽沈、淮海、平津三大战役结束，蒋介石宣布下野，李宗仁代行总统，国共两党在北平举行和平谈判。1949 年 4 月 1 日，南京地下党组织近万名学生罢课，举行示威游行，强烈要求国民政府接受中共的八项和平协议，遭到国民党政府镇压，发生了严重流血事件。

南京学运流血惨案的消息传到台湾，学生们无比愤慨，引起国民党当局恐慌。

当时台湾地区主席陈诚刚从南京述职回来，目睹南京学运，又听到台大、台师院学生"闹事"，大发雷霆，下令镇压。

4月5日晚上10时，大队军警荷枪实弹包围台大、台师大宿舍，并封锁和平东路、新生南路与公园路附近交通，冲入宿舍要求交出所谓"黑名单"上的学生。

窄窄的走廊、昏暗的寝室，军警手持木棍铁尺冲入房间，开枪示威。手无寸铁的学生奋起反抗，与军警发生冲突，被打得头破血流。

逮捕行动一直持续到4月6日，上了"黑名单"的周自强未能幸免。踩着新生南路上的碎石子路，他被推上大卡车，军警立刻用绳索把他五花大绑。很多人主动爬上卡车，陪伴被捕同学，军警不得不将所有上车学生一齐带回。

据官方后来发布的消息，当天一共有200多名学生被捕。

周自强等被捕后，时任台大校长的傅斯年曾与台湾警备总部交涉，台大法学院院长、资深法学专家萨孟武四处奔波，积极营救。通过交涉，被捕学生从军事法庭移送台北地方法院检察处审理。最终，周自强以"共同预备以非法方式颠覆政府"罪被判处有期徒刑10年。

犹如风筝断了线

编写《虾峙岛历史拾遗》的那些夜晚，周荣耿被周自强的传奇人生感动得数次哽咽流泪，他一直没有停止过寻找，通过搜集各种文史资料试图还原这位热血青年的人生轨迹。2019年，周荣耿设法通过台湾地区政治受难人互助会，向有关部门要来了当年台湾高等法院对周自强的判决书。

判决书上的罪名是"共同预备以非法方式颠覆政府"，国民党当局在没有证据确认他是中共地下党员的情况下，只能将他列为大陆派遣的"职业学生"，《中央日报》《公论报》《申报》等媒体都把他列为学运的首位人物，即学生领袖。周荣耿据此推测，周自强很可能是受命赴台。

"这么多年，周自强就像风筝断了线，困守海峡的那一头，联系不上组织，也见不到亲人。团圆，这种寻常人家唾手可得的幸福，对他而言却奢侈不可得。"周荣耿动情地说。

周自强的母亲邬杏云还记得，早些年每有村邻来她开的杂货店里买香烟，总要问一声："儿子在外面读书可还好？""好！"提起儿子，母亲枯瘦的脸上放出点光来，"再读一年就好毕业哩！"

那是 1947 年，对邬杏云来讲其实并不好，家里发生了重大变故，丈夫周通儒因病去世。邬杏云想通知儿子，才从兄弟处得知自强已经去了台湾。

母亲万万没有想到，儿子这一走，就是一生。

1951 年 11 月，邬杏云突然接到自强通过香港寄至沈家门新大祥布店的信，内有他被捕入狱的报道，简单介绍了狱中生活，信中还特别提醒父亲周通儒："要认清形势，不要留恋旧的制度，对新政权要拥护。"儿子对父亲的死，一无所知。

1959 年 7 月，邬杏云再次收到自强通过香港九龙辗转寄来的家书，内容简短扼要，说经朋友帮助已获自由，只是身体有病，气喘不止，想起小时候爷爷从柴桥买来的"赫氏金丹丸"，疗效显著，可否寄些？

母亲根据他留的地址回信告知："父亲已在多年前病逝，母亲也已风烛残年，生活十分艰辛，'赫氏金丹'一下子无法买到。"她怎么也没料到，曾经让全村人引以为豪的儿子，经历 10 年的牢狱折磨，连坐立都很艰难，长期住院，穷困潦倒。

几月后，邬杏云又收到自强来信："闻家父仙逝，悲恸欲绝，又悉母亲体弱多病，生活艰辛，自己未能尽到孝顺责任，甚为歉疚！"并附近照一张。此后，通信再度中断。

十年生死两茫茫。母子俩分处海峡两岸，各自孑然一身，隐忍余生。孤苦伶仃的邬杏云于 1974 年秋天逝世，她唯一的儿子周自强，5 年后也离开了人世。

"魂归故里"谁来圆

2004 年，表弟邬松年收到中国人民大学教授殷衷来信，作为台大法学院同学兼室友，他在周自强带领下一起参加学运，"4·6"惨案发生时因军警认错人，殷衷机智逃脱返回大陆。

殷衷告诉邬松年，10 多年前他在北京的一次旅美同学会上，巧遇回内地探亲的台大同学曹维良。两人相见，含泪相拥，殷衷旋即打听周自强下落，曹维良详细叙述了情况。

周自强被捕入狱后受尽摧残，出狱后身体一直有病不能工作，生活潦倒，出狱 20 年来全靠同学帮助。特别是老同学杨彦斌，后来成为台湾四维胶带公司董事长，几乎包揽了周自强治病、生活等所有费用，还曾安排他到公司当秘书，但不久他旧病复发，被杨彦斌送去台北淡水一家医院疗养。

医院环境十分典雅，凭窗可以看见观音山远景和淡水河的波影，然而同学每次探望，总感觉周自强内心有说不出的痛苦，如鲠在喉，欲吐又止。

落寞、无奈、旧病缠身，唯一的排遣就是读书。周自强省吃俭用，有钱就去买书，病房里堆积了大量的书。曹维良等常劝他注意养病，别再读书，可周自强总是听而不闻。

"宋朝辛弃疾在晚年虽然怀念'壮岁旌旗拥万夫'，但还能'欲将万字平戎策，换得东家种树书'，周自强见解卓越，文章山斗，却连'种树书'都换不到！风雨之夜，只有呜咽的淡水河和灰暗耸立的观音山与他相伴。"

1979 年 5 月 14 日晚，周自强在寂寞孤独中离世，检点遗物时，师友们发现书桌上有一张书签，上书"魂归故里"四个字，他临死前还遥想着生他养他的海岛故乡。

病房里除衣服用品外，就是一大堆书，共约 5000 册。杨彦斌派车载至台北南郊一家私人图书馆作为赠书保存，也算是周自强来过这世上一趟的永久纪念品。

周自强去世后，杨彦斌、曹维良等同学将他的遗体在辛亥路第二殡仪馆火化，骨灰瓷上书"故周自强先生之灵骨"，下书"子孙永远奉祀"及生卒年月，寄存在台北市东和寺。

这座禅寺是杨彦斌母亲经常念佛的去所，曹维良去祭奠时常常看到杨老太也在，双手合十的虔诚模样令人感动。

在祖国大陆的推动下，台湾当局于 1987 年开放民众赴大陆探亲，曹维良一直念着："老周的家人可能也在倚门盼他回家。"只是周自强未婚，不知道还有谁，能帮他实现"魂归故里"的遗愿。

听完曹维良的叙述，殷衷唏嘘不已，致信当时的浙江省委书记李泽民，李泽民十分重视，立即批转舟山、普陀台办落实。但因直系亲属已故，台湾当局手续繁难，"魂归故里"未能实现。

一定要请回亲人骨灰

"魂归故里"，这四个字深深打动了胡牧。一个满怀爱国热忱，敢于带领台大同学无私无畏反抗黑暗暴政的有为青年，他的政治身份究竟是什么？这是党史办研究的事；能不能找到骨灰接他踏上归途？这是一个普通人能做的事。

胡牧联系上研究太平轮的台湾朋友张典婉，托她打听周自强骨灰下落，几天后张女士告诉他："有几位台大同学尚在世，都记得周自强这个人。"

东海之滨的一滴水，激起的涟漪多年后还在，胡牧看到了一丝希望。他找到周荣耿商量："如果骨灰找到了，没有亲属出面接收，咱俩在虾峙给他买块墓地，费用你我一半，如何？"周荣耿爽快答应："好！"

为实现周自强"魂归故里"的遗愿，他们愿尽己所能。

"周自强有个远房堂外甥，外甥媳妇是有责任感的企业家，或许会管这'闲账'。"根据周荣耿提供的信息，胡牧来到东港华必和餐厅。正是中午时分，餐厅里人来人往，穿过推杯换盏的食客，胡牧找到正在忙碌的陈小波、陆亚飞夫妇，问："你们是否知道周自强？"

一听这名字，陈小波马上请胡牧坐下："他是我母亲的远房堂哥，也是她念念不忘的一位亲人，只知道他在台湾读书，坐过牢并已过世。"胡牧将事情一五一十道来，问道："假如找到骨灰……"

话音未落，陈小波、陆亚飞立刻表态："虽非直系亲属，但作为后人，我们会承担周自强魂归故里的所有费用，一定要请回亲人骨灰！"

夫妻俩把这个消息告诉养老院里的母亲。平时身体不算好的老人一下子来了精神，再三叮嘱："一定要把堂哥的骨灰迎回来！"

胡牧、周荣耿开始各自联系台湾朋友寻找周自强骨灰。普陀区台办也为陈小波、陆亚飞夫妇介绍台湾委托人，帮忙寻找。因为东和寺拆迁，骨灰寻找并不容易。

郑红玉夫妻是虾峙海运商会会长王位国介绍给周荣耿的台湾朋友，他们奔波辗转于台北各大禅寺，一个瓷瓶一个瓷瓶地查找。"那天，看到他们微信传来的照片，我一阵激动。"周荣耿对着照片核对细节，"没错，编号1162，周自强的骨灰瓷瓶找到了！"

我们的思念一脉相承

又是一年芳草绿，依然十里杜鹃红。长长的椰林大道上，有台大学生急急地走着，他们去参加历史系"4·6"纪念座谈会。70年前，这块土地上的年轻人为理想信仰奉献青春，后人想为所有经历过"4·6"的人们做一场短暂的缅怀。

在周自强的故乡舟山，这个时节的杜鹃也开得烂漫。"今年是新中国成立70周年，也是周自强逝世40周年。"4月，胡牧在浙江海洋大学普陀研究院组织召开周自强追思会，时间与台大历史系"4·6"纪念座谈会几乎同步，"就是想告诉海峡对岸的人们，家乡同胞也没有忘记，我们的思念一脉相承"。

追思会上，周自强的身份之谜成为焦点。周荣耿提供了一个新了解到的细节，1948年9月，临时租住在定海的周自强舅父突然收到邮局送来的信，拆开后既无称呼也未具名，仅寥寥数语："大陆不久就要解放，你要拥护新政府，积极帮新政府办事。"从邮戳辨认信来自台湾，笔迹出自周自强。"这信让舅父感觉外甥政治观点鲜明，似乎另有一种特殊身份。"

胡牧认为，"作为进步青年，周自强在台大期间成立秘密学生组织'淮海社'、组织歌咏队唱革命歌曲，而深入分析他的传奇一生，他似乎隐含着更深一层的政治身份。"

胡牧想找到当年殷衷给时任浙江省委书记李泽民写的信，信里也许有迹可循。然而胡牧找遍档案馆，既没有找到信，也没找到那份批示。陈小泼也试图通过中国人民大学联系殷衷，得到"已故"的回复。

尽管目前无人能证实这一猜想，但与会者认为，无论周自强是否中共地下党员，有一点毋庸置疑，他是甘愿为自己的理想信仰献身的爱国进步青年。"因为信仰，周自强走出了一条复杂曲折、惊险壮阔又苦难多舛的人生道路。但随理想升腾起的高度，

却是一个民族的精神峰值，这是令生活在和平年代的人们景仰的
光芒。"

（周荣耿对此文亦有贡献）

代后记

下一站，2003

星期六，雨。

一大早，我和吴冯各从舟山、杭州出发，约好在宁波南站碰头。10 点 25 分，动车驶离站点。

火车驶向下一站，福安，也驶向我们的 2003。

一

从宁波到福安，约 3 小时 10 分钟。

吴冯从包里掏出一块砖头，不，两块砖头那么厚的书，正打算读，坐在对面的印震老爹凑过来一瞧，哟，禅修，思乡之情油然而生。于是两人从禅修聊到浙商，相谈甚欢。

她的谈吐气质从容而知性，不再是初入晚报时那个风风火火的小丫头了。

我和吴冯是 2003 年同一批进报社的，又被一起分到晚报。单枪匹马采访太孤单，一开始脸皮也没像现在这么厚，所以经常结伴采访，拿着个"新闻 110"手机，哪里打来热线就往哪里跑。

我们如无头苍蝇般乱撞，居然也撞出些新闻来。蓬莱新村民居着火、东河路上有人捞鱼等，一些旧闻在初入行的我们眼中也是新闻，我们甚至还带着"唯恐天下不乱"的兴奋。

吴冯当时有一台旧旧的胶卷相机，跨界做摄影记者的事儿没少干。一拍完就跑照相馆赶紧冲洗出来，凑合着也能上报。

二

当时的民情部主任是周怡怡老师，在我们初来乍到的日子里时常派些活，好让我们完成工分。有一回读者来信，表扬一位福建老人在青龙山栽花种树美化环境，周老师让我和吴冯结伴去沈家门采访。

提供线索的是一个中年男人，我们在半升洞接上头，他说先去他家吧。

男人长得有点邋遢，胡子拉碴的，估计是午睡刚起来，还有点衣冠不整。我们想不出理由拒绝，只好硬着头皮跟在他后头。下午 3 点左右的光景，天色阴沉，他带我们越走越偏僻，最后拐进一个旧楼，光线灰暗而阴森。

后来吴冯告诉我，要不是你在一旁壮胆，我早就不敢去了。我也是。我俩抱着戒备之心进了那个男人的家，有孩子在做作业，我们暗暗松了一口气。

三

男人告诉我们，栽花的冯同民老先生，在鲁家峙开医馆，要坐船来沈家门。等他差不多到了，男人便带我们去见他。冯老先生当时年近古稀，一口福建口音的普通话，为人非常热情。在青龙山下采访完后，又邀我们去他的医馆参观。

一篇简单的好人好事稿，因为两个门外汉初写新闻不得其门而入，让周老师退回来重写，大概写了三四遍，终于见报。

我们两个很高兴，冯老先生更高兴，将这篇稿子印进他的一个小册子里。他好像平时是喜欢诗的，经常写些打油诗自娱。后来又特地从沈家门跑到定海，把油印册子送给我们。

冯伯年岁大了后，落叶归根回了福建。再后来，吴冯也离开晚报去了杭州媒体。

有一年国庆长假，吴冯回舟山，在老家的书架上发现了这本油印册子，欣喜地打电话给我，把当年的稿子读给我听，问我记得不？我在电话这边听着，那些曾经写过的字字句句已如烟雾般模糊。

四

这些年，我们与冯伯没有失联，每过一年半载，他都会打来电话寒暄问候，有时说着说着，就把我们的姓名颠了个个儿："吴莺，徐冯有男朋友了吗？我帮她介绍个好的。"

好客的他，还问了我们的地址，寄些福建特产来。有一回他说要寄鹿茸，我说这么名贵的东西不要寄来了，他说家里很多吃不光的啦，很下饭的。我想可能是因为自己见识浅，只知道鹿茸泡酒，还不知道能下饭。寄到一看，是肉蓉。

我们决定一起去福建看他。冯伯知道后开心得跟什么似的，隔三岔五催我们早点去，"你们什么时候来啊？带上你的爸爸妈妈、好朋友们一起来，我们家有五层楼，来再多的人都住得下"。

五

下午1时多，动车驶进了福安站。

走出站门，就见着前来接站的冯伯。多年未见，况且当时连带采访、送报纸、送油印册子也只有两三面之缘，大家都有点不敢相认。但一说话、一笑出声，记忆中的冯伯又回来了，虽然有些见老，头发也已花白，但笑声还跟当年一样爽朗。

冯伯带我们去酒店跟家人们吃饭，儿孙们济济一堂跟过年般热闹，一见伯母便知她年轻时是大美女，孩子们继承了她的优良基因，一桌子都是帅哥美女，小儿子神似日报的李维君，大孙女可爱如混血洛丽塔，大家可以脑补这一家子颜值有多高。

冯伯又带我们走街串巷，这个是大儿媳的店，那是小儿媳开的，这是女儿的鞋店，晚上入住女儿家房客开的宾馆……我内心暗叹，这不就是变老的金叹（韩剧《继承者》的男主，英俊多金）嘛，反正走哪儿哪儿就是他家的。

我们在福安的短短一天，目睹冯伯一大家子的幸福生活，很替他高兴。年过八旬的冯伯，身体依然健朗，回到福安后，他依然喜欢侍弄花草，把自家楼顶的露台打理得草木芬芳，鸟语花香。

嫌这片天地还不够大，他又买下了一间，不，是一栋店面房，一楼工艺品，二楼医药书，三楼花草……每一层都容下他的不同宝贝，他对生活的热情才得以在这里释放。

我问冯伯，门口的那些花花草草每天搬进搬出，够您受累的吧！冯伯说，不搬进也不搬出，就让它们这么放着。我吃了一惊，晚上没人看管就不怕别人偷？冯伯说，谁爱偷就让它偷去吧，偷花的也算雅贼了。

六

店铺二楼，放着冯伯的书籍、照片和旧藏。10 来本名片夹，我随手一翻，竟然翻到自己的名片，这就是在那个天色阴沉的午后递出的吧！再一翻，是那篇报道的旧剪报，那时我和吴冯的名字前都还署着"见习记者"。

名片和剪报都已经泛黄，却面目清晰地提醒我，那个曾经拿着诺基亚热线手机，用着亿唐邮箱，跑得风风火火的见习记者，已经消失不见。

20 年记者，如果说"看见"是对待这份工作的态度，那么"遇见"是这份工作与生俱来的特性。然而这份工作中的遇见，很多时候都意味着不会再见。

与当年一起入行的伙伴重访当年的采访对象，看到自己递出的第一张名片，是探望也是回望，透过岁月看到 2003 年面目模糊的自己。

再见，福安。再见，冯伯。再见，我们的 2003。